人生に詰んだ元アイドルは、赤の他人のおっさんと住む選択をした

大木亜希子

祥伝社文庫

目次

第一話　六畳一間のマリー・アントワネット

東京・杉並区《すぎなみ》。

浜田山《はまだやま》駅から徒歩二〇分の風呂なしアパート。

夏は異常に暑く、冬は凍《こご》えるように寒い。

築四〇年を超えるこの木造住宅には、夜中に突然叫び出す住人や、謎《なぞ》のサイケデリックミュージックを二四時間、流し続けている住人が住んでいる。

そんな個性溢《あふ》れる住人にまじり、私は健《すこ》やかな二十八歳女子として、「恋活」「婚活」「精神統一」を行なうための、ベースキャンプとして使っている。

寝て起きて、あとは適当な食事が摂《と》れるならばそれでいいし、人から見られていない空間にお金をかけるつもりはない。

私は、玄関と呼ぶにはあまりにも狭い空間に積み上げられた靴の中から、お気に入りの青いパンプスを選び拾い上げる。

よく見ると、ヒール表面のフェイクレザーが剝《は》がれ、中の素材が見えてしまっている。

最近、歩くたびに金属音がカチャカチャ鳴ってうるさいと思ったら、ヒールの先が削れ金具は露《あら》わになっていた。もうボロボロである。

しかし私は、ヒールの剝げた部分を黒い油性マジックで塗り潰《つぶ》し、踵《かかと》のゴムも百均で買った部品で修理し、手際《てぎわ》よく見栄《みば》えを整える。

ズタボロなパンプスはほかにも山ほど持っているが、日頃からこうして定期的に〝DIY〟を行ない、できるだけ長持ちさせるようにしている。ファッションにお金を使うのならば、靴ではなくトップスを購入する資金に回したい。それに近頃はなんだか、新しい服や靴を見繕《みつくろ》う気力が湧《わ》いてこない。

私は〝お直し〟したパンプスにサッと消臭スプレーを吹きかけ、爪先《つまさき》をそこに突っ込む。

あぁ。前の晩に飲み会で飲んだお酒のせいか、浮腫《むく》みが酷《ひど》くて足が入らない。

パンプスの先っぽに無理やり足を押し込むと、それでもなんとか履《は》くことができた。

深呼吸、深呼吸。精神集中。

今日もいける。私は可愛《かわい》い。

これで決して、自分が「六畳一間のボロ屋敷」の住人であることは、世間様にはバレないはずである。

今日も色々とキメていこう。

仕事とか恋愛とか、人生とか、色々。

仕事に向かうため、玄関のドアを開けようとしたとき、ふと狭い靴脱場の脇に設置した姿見に自分が映った。

アイドル時代からおよそ二〇キロ肥えた胴体、そこから生《は》えた太い首。丸太のような寸胴《ずんどう》アラサー女が、寂《さび》しげにこちらを向いている。

会社員になる前、私は国民的アイドルグループと呼ばれる集団に加入し、歌って踊っていた。二〇一一年大晦日《おおみそか》、そのグループで紅白歌合戦に出場し、その三カ月後、二十二歳でアイドルを辞《や》めた。その後、芸能界を引退し、一般企業で営業兼記者として働いている。

得意先を回る際、未《いま》だに「実は元アイドルなんです～♡」と過去の栄光を印籠《いんろう》のように見せつけてしまう瞬間があるが、言った途端にいつも後悔する。今の私には、何もないことを、自ら晒《さら》しているようなものだからだ。

将来への不安を打ち消すために、終業後は合コンに繰り出しては、ロボットのように張り付いた笑顔を振りまく日々。毎日が混沌《こんとん》としているが、いつか限界を迎える前に王子様が迎えに来てくれるはずだ。そのときには、早いところ結婚をして、この終わりのないゲームから逃げ切ればよい。

〝可愛い私〟には、それにふさわしい、優しくて経済力があり、頼りになる男と結婚して幸せになる権利と義務がある。

今だけは、出口の見えない緩《ゆる》やかな地獄を耐え忍ぶべきなのだろう。

私は、姿見の中の自分に向かい、

「一応、まだ可愛い部類に入ると思うよ？　ちょっとくらいデブってても」

と、優しく励《はげ》ました。すると〝彼女〟は不安げに、

「本当に大丈夫だよね？　私」

と聞いてくる。しばらく私が言い返せずにいると、鏡の中の彼女はまだ何か言いたげな表情を浮かべている。

そこで私は、彼女に向かってもう一度、畳《たた》み掛ける。

「だから、大丈夫だってば」

ようやく彼女はわずかに微笑《ほほえ》む。それを見届けてから、私はそっと玄関のドアを閉めた。綺麗《きれい》に巻かれた髪、グロスで艶《つや》やかに潤《うるお》った唇、そしてＤＩＹ済みのパンプス。今日も一般的に、私は「そこそこ綺麗なお姉さん」として世間に認知されることだろう。

それがたとえつまらない虚栄心を満たすだけの、即席の見てくれだったとしても。

アパートの階段を下りると、私はSNSに投稿するため〝自撮り〟をすることを思いついた。駅前の大きな公園には桜が咲き誇り、澄んだ空気が私の頰《ほお》を撫《な》でつけた。そのまま付近の高級マンションの前で立ち止まり、スマホを取り出す。そして、あたかもそのマンションが自宅であるかのように、自撮りカメラアプリを立ち上げてシャッターを押した。

写真の中の自分は、今日も満面に笑みをたたえ、写真加工アプリのおかげで実物よりも随分《ずいぶん》と小顔に見える。

「今日はこれから大事な商談」

自然体のコメントと共に、今しがた撮った写真をそのままインスタに投稿したら任務は終了。絵文字で飾り付けるのはやりすぎだし、ハッシュタグをゴテゴテと付けるのはもう流行《はや》らないだろう。

これくらいがきっと、抜け感があってちょうどいい。

その後、最寄りの京王井《けいおうい》の頭《かしら》線の駅に向かい、ホームで電車を待つあいだにスケジュール帳を開く。今週は全日、あらゆるハイスペック男性とのデートや食事会で埋まりそうだ。いずれも赤坂《あかさか》の高級焼肉店や西麻布《にしあざぶ》周辺の小料理屋に集合になっており、自腹では到底払える額の店ではない。当然、男性側に払ってもらうつもりだ。

「ノルマ飯」

私は男性と出会い、食事をして、恋人候補者の手札《てふだ》を増やしていく行為のことを、陰でそう名付けて呼んでいる。こうして自分にノルマを課すことで、〝適齢期〟までに結婚できるよう必死で努力している。

週末は予定が埋まらず、何をして過ごしたらいいかわからない日も多いが、もしも暇《ひま》を持て余すようならば、ベッドの上でお菓子でも食ってひたすら寝ればよい。

大丈夫。誰にもバレやしない。

ひとまずは数日先まで男性とのご飯の予定で埋まっていることに安堵《あんど》して、地下鉄に乗り換え、得意先のある茅場町《かやばちょう》へ向かう。

さぁ、今日もなんの変哲もない穏《おだ》やかな日になるはずである。

ふと一瞬、なぜか死にたい気持ちになったが、私は気づかないフリをして歩き出した。

途中、東西《とうざい》線に乗り換えて茅場町駅に向かうところで、アクシデントが起こった。

ホームを歩いていると突然、足が前に進まなくなったのだ。

あまりにも急な出来事に、私はしばし呆然《ぼうぜん》となる。次の瞬間、パソコンの電源が落ちるかのように「バチン」という音が脳内に鳴り響いた。必死で「歩け」と自分に号令をかけてみても、足の裏がホームにへばりついたまま言うことを聞いてくれない。

一体どうしたのだろう。少し疲れているのだろうか。

最初のうちは、「これは単なる思い込みに違いない」と思った。動揺を隠せないなか、改札に向かう人々の群れが私の両脇を次々と通り過ぎる。人生において何も不安がなさそうな表情を浮かべる彼らは、波のように進んでいく。

今まで当たり前のように見ていたこの光景に、今日だけはなぜか違和感を感じてしまう。

あぁ、早く私もその波の泡の一部になりたい。

こういうことは、私の身に起こるべきことではない。

これはいわゆる、パニック症状というものだろうか。だが、これまでにこんな症状に見舞われたことは一度もない。アイドルとして生存競争を生き抜き、タフに芸能界でサバイブしてきたが、心が完全に病んだことはなかった。

しかたなく私は、バッグの中からスマホを取り出し、大慌《おおあわ》てで上司にメッセージを送ることにした。〝体調不良〟と伝え、今日の打ち合わせは代わりに行ってもらうことにする。

次に、私は親しい友人限定公開のFacebookに向けて、こんな発信をしてみた。

「全然心配しないでほしいんですけど、今ちょっと駅で急に足が動かなくなっちゃって。こういうときって、どんな病院行けばいいんですかね？　神経系ではなさそう。意識はハッキリあるし。ただ突然で……。内科？　外科？」

するとまもなく投稿を見た友人からレスがあった。

「亜希子《あきこ》、大丈夫？　そういうときはここ。私も昔、通ってたんだけど」

リンクが張られたサイトを開くと、そこにはこんな文字が記されていた。

「心療内科」

ああ、そうなのか。今の私に必要な治療が受けられるのは心療内科なのか。

しかし、〝そこ〟に行くのはあまりにも心理的なハードルが高すぎる。

そのまま数十分ほど、マネキンのように静止したままの状態が続く。狭いホームで、通勤バッグを抱えたアラサー女がフリーズしている光景は、さぞシュールなことだろう。しかし、さすが東京、そんなことぐらいでは誰も気には留めなかった。

いよいよ背に腹は替えられない状態になり、私は友人から教えてもらったその病院へ電話をかけると、幸運にもすぐ予約がとれた。駅構内の手すりをつたい、這《は》うように移動しようとすると、身体《からだ》の重みが一気に腕にのしかかる。地上へ出てタクシーを探していると、親切な女性が歩くのを助けてくれようとした。ところが、そのときなぜか私は、その女性の手を振り払ってしまった。自分の身に起こった出来事を、到底受け入れることができなかったからである。

インターホンを押すと、玄関の扉の鍵《かぎ》が大仰《おおぎょう》に自動解錠《かいじょう》された。

強迫性障害を持った患者に対して安心してもらうため、こうして入り口から完全オートロック式にしているのだと知ったのは、随分あとになってからだった。

扉を開けると、グレーのソファと木目調の壁が目に入った。その一角に座ることで、ようやく私は心が落ち着き始め、持っていたペットボトルの水を一気に飲み干す。

受け付け後まもなく名前が呼ばれて診察室に入ると、目の前には四十代半《なか》ばとおぼしき医師が座っていた。優しそうな瞳をした男性医師だった。彼は突発的に来院したことを気にする様子も見せず、淡々と症状を質問してくる。

「今日はどうされましたか？」

「さっき、突然、駅で足が動かなくなったんです。なんででしょうね……。何かに対する、焦《あせ》りみたいなものでしょうか？　知り合いからここを紹介されて。でも、多分もう大丈夫です。一応来てみただけです」

「ご自身では、『足が動かなくなった原因』はなんだと思われますか？」

「とくに思い当たることはないですね。私、アイドルとして武道館《ぶどうかん》にも立ったことがあって、ストレスには強いんです。こういうことは、これまでの人生で一度もなかったですし。とりあえずなんでもいいので、薬ください。それを飲んでおけば勝手に治るようなやつ。私、仕事に戻らなきゃいけないんで」

「大木《おおき》さん。まずはゆっくり息を吸って、吐いて下さい。本当に思い当たることはありませんか？」

「先生。あたし、頭がどこかおかしくなったんでしょうか？　足が動かなくなったこと以外は、別に普通だと思うんですけど」

「大木さん」

「別に仕事は上手《うま》くいってるしな……。じゃあ、こうなっちゃったのは、男問題のせいですかね？　たしかに最近、酷い男に当たっちゃったんですよ。でも、それはもう乗り越えたっていうか、とにかく何が原因かは絞《しぼ》れないというか」

「大木さん、わかりました。今日から僕に、その時々で感じたことや思ったことを、ゆっくり話して下さい。ゆっくりでいいです。僕にすべてを言う必要もありませんし、もしも言いそびれていることがあっても構いません。まず、治しましょう、その早口を」

　その日から私は、連日その病院に通院することにした。一回の診察に要する時間は二〇分程度。これまでのキャリアについて取り留めもなく話したり、家族構成や恋愛遍歴に至るまで打ち明けたり、とにかく私はすべてその医師に話した。

彼が言う、『足が動かなくなった原因』に思い当たるフシはあった。芸能人から会社員になり、慣れない業務に奮闘した数年間の疲労が祟《たた》ったのかもしれない。私は十四歳の頃から女優として活動し、二十歳《はたち》を越えてからSDN48のメンバーとして活動した。しかし、グループ卒業後はやりたいことが見つからず、日雇《ひやと》いのアルバイトで生計を立てていた。

「このままではいけない」。そんな思いから三年前から会社員として働くようになったが、今度はそこで「成功しなければ」というプレッシャーと常に戦っていた。でなければ、恋愛のストレスだと思う。

私は過酷なアイドル時代、ひとりだけ本気で好きになった男性がいた。しかし、様々なすれ違いが生じ、いつしか互いに連絡を断っていた。それでも心の底では、彼のことを忘れられない日々が続いていた。

彼と会わなくなってから数カ月が経過し、私が会社員に転職したあと、彼が別の女性と結婚したことを知った。その事実があまりにもショックで、原因の一つになっている可能性はある。しかし、過ぎ去った男には極力執着しないようにしていたし、今の生活が特別「苦」だとは感じていないつもりだ。

私は、どこで道を踏み外してしまったのだろうか。

医師が言うには、こういうことだった。

現段階では、正式な診断名はつけられない。あらゆる将来への焦り、不満などが重なり、「一時的にパニック発作のような状態になり、歩行困難になった」ということだろうと。

やむなく私は、会社から一週間ほどの休みを貰《もら》うことにした。会社に休みを乞《こ》う際も、自分がなぜこのような状態になってしまったのか芯《しん》の部分では理解ができず、症状を上手く伝えることができなかった。惨《みじ》めで無様《ぶざま》で、とにかく心配されないように努めて平然と症状を語った。上司は一言、「ゆっくり休んで」と労《いたわ》るように言ってくれたが、私は余計に焦りを募《つの》らせる。

一週間経《た》っても体調は元に戻らず、やがて私は、朝も起き上がることができなくなり、会社を辞めざるをえなくなった。

こうして二十八歳の春、突如として生活の保証もない、仕事もない、彼氏もいない、ないないづくしの日々が始まった。

あるのは、手元にある三万円だけ。

「あ、人生が詰《つ》んだって、こういうことを言うんだ」

自分の弱さを呪《のろ》った。

八歳離れた姉から電話があったのはちょうどその頃で、収入がなくなった私に、「ルームシェアをしたらどうか」という提案を持ちかけてきた。

姉も二十代の頃にルームシェアでお世話になった人で、あらゆる事情が重なり、一軒家にひとりで住んでいる。使わない部屋を持て余しているため、これまで多くの人とシェアしてきているらしい。

姉は、その一室がたまたま空《あ》いている情報を聞きつけ、いくばくか家賃を払い、住まわせてもらえばいいと言う。

ただし、定員は一名。家主と一対一である。

一緒に住む相手は、姉が「ササポン」と呼ぶ人で、一般企業に勤める五十代のサラリーマンでバツイチだという。

まもなく齢《よわい》二十九になるというのに、見ず知らずのおっさんの世話になるほど自分は落ちぶれていないと思い、私は拒否した。それでも姉は頑《かたく》なに、「今のお前は誰かと一緒に住んだほうがいい。とにかく話し相手が必要だ」と繰り返す。

実際ひとりで住み続ければ家賃や光熱費はバカにならないが、「今度引っ越すときは、誰かと結婚するとき」というプライドも常々あったので、悩んだ。しかし、日々の生活を続けるうち貯金はあっという間に底をつき、プライドなんかにかまっている余裕はなくなった。さらにその頃、私の体調が輪をかけて酷くなっていく様子を心配した母親から数千円の仕送りを受けていた。これまでは私が仕送りをする側だったというのに、惨めな気持ちでいっぱいになる。やがて難しいことを考えるのが億劫《おっくう》になり、私は決断した。

「ササポン」五十六歳との、奇妙な同棲《どうせい》生活はこうして始まった。

平成最後の五月、ある晴れた日のこと。

私はアパートを引き払い、都内の閑静な住宅街の一角にあるササポン邸に、単身用引越し業者が着くのと同時に到着した。小さなベランダのある、クリーム色に塗装された三階建ては、周囲の景観に溶け込むようにひっそりと佇《たたず》んでいた。ササポンは仕事に出ており、私は事前に姉経由で渡されていたスペアキーを使って中へ入り、指定された一階にある六畳の部屋で城作りを始める。

これからどんなことが待ち受けているのか想像もつかないが、いよいよ赤の他人のおっさんとの生活を始めることになった。その気持ちは上手く説明できないが、「結婚前提に誰かと住む」という常識的な一線を越えてしまったことで、もはやワクワクした感情すら芽生え始めていた。

恋人でも家族でもないおっさん。赤の他人のおっさん。

そんな人と暮らすことで、私にどんな変化が訪れるのか。

その日の夜、仕事から帰ってきたササポンは中肉中背なで肩眼鏡《めがね》姿で、高くも低くもないテンションで「ただいま」と私に言った。そのままふたりで近所の定食屋へ食事に行くと、ササポンは終始落ち着いたトーンで会話をする、優しい普通のおじさんだった。

「なんてお互いに呼び合います？」

「別に、なんでもいいよ」

「じゃあ、私は笹本《ささもと》さんのこと、『ササポン』って呼んでいいですか？　姉も、そう呼ばせてもらっていたみたいですし」

「別にいいよ」

「私のことは、自由に呼んでください♡」

元アイドルスマイル全開でおどけてみせるが、反応はない。

「引っ越してすぐにこんなこと言うのもアレですけど、あたし、結婚相手見つけてすぐ出ていくんで。仕事も一応、これからフリーランスって肩書で頑張るんで」

力みながらそう言う私に、彼は、

「頑張ってね。僕、あんまり細かいこと気にするタイプじゃないから、適当によろしく」

と、ゆるく言った。先に出されたお茶をまったりとすすっている。

食事が始まってもぽつりぽつりと話をする程度で、無理に会話を広げる必要はなかった。途中、あまりの沈黙に耐えかねた私は、ポロッと本音を言ってしまった。

「ぶっちゃけ、あたし会社も辞めちゃって、彼氏もいなくて、収入も減って。フリーランスライターになるって言ったって、この先何ひとつ仕事は決まってなくて。何者になっていくんだろうなとは思います」

するとと彼は表情ひとつ変えずに一言、

「まぁ、誰にでも一つくらい才能はあるんじゃないの？」

とポツリと言う。

驚いた私が彼のほうを見ると、彼は焼き魚の骨をひたすら処理し続けている。

「僕は、自分と同じ世代の友だちの話を聞いていても、ちっとも面白くないんだよ。いつも彼らは、自分のことよりも自分の子どもの話ばかりするから。『おまえ自身の話を聞かせてくれ』って思っちゃう。だから、仕事への野心とか、夢を持っている人と話すほうが、彼らと話すよりずっと楽しいよ」

そのセリフは、私を慰《なぐさ》めるために言っている風でもない。シンプルに思っていることを口にしているようだった。その瞬間、私は堰《せき》を切ったように泣いてしまっていた。

彼は、使いかけのおしぼりをしれっとハンカチ代わりにこちらに差し出すだけで、まったく動じない。咽《むせ》び泣くアラサー女とスーツ姿のおじさん、そしてそれを不思議そうに眺《なが》めている定食屋の主人。我ながら、実にシュールな光景に違いなかった。

しかしこのとき、ふと「この特殊な生活の中で自分が変われるかもしれない」という予感がよぎった。

第二話　フリーランスは辛いよ

日中、ササポンは会社に出かける。

私は自宅に残り、共有スペースである二階のリビングで原稿を書いたり、調べ物をしたりしながら過ごす。

三階建ての家は、一階に六畳ほどの私の部屋と風呂や洗面所、トイレが、二階にキッチンとリビングが、三階にササポンの部屋がある造りになっている。

夜になってもだいたい私は食卓で原稿を書いており、ササポンは帰宅後、スーツからステテコに着替え、ソファに座りTVを観《み》始める。

仕事が捗《はかど》らないとき、私はよくリビングで叫ぶが、彼は少しも気にせず、自分で作った塩ラーメンやうどん、スーパーで買ってきた寿司などを適当に食べている。いい意味で、ほっといてくれるのだ。

そのあとドラマやニュースをふたりで観て、犯人を推理したり、世間を賑《にぎ》わすニュースについて議論し、解散後はそれぞれの部屋で眠る。

肉体関係は一切《いっさい》ない。そういう感情は、一切ない。無理。

家賃は光熱費込みで五万円と、周辺の相場を考えると破格だ。

風呂やトイレ、洗面所、そしてキッチンとリビングは共同。互いの食生活や掃除、洗濯には口を出さず、冷蔵庫は上を私、下をササポンと、スペースを分けて使うように自然となった。

会社を辞《や》めたことで収入がとだえ、貯金も底をついた私は、依然としてどのように生計を立てるべきかわからない。雇用保険を抜け、厚生年金から国民年金へ切り替え、いよいよ〝正規雇用〟というレールを外れたことを実感した六月半《なか》ば、心の中は大きく混乱していた。

どうやら自分は、想定していた人生のレールからは大きく外れてしまったようである。更に、どういうわけか、今は家に帰ると赤の他人のおっさんがいて、猫背でユルユルとお茶をすすっている。

しかし、なぜかその事実は、私にささやかな安心感と気楽さをもたらしている。一人暮らしの頃は孤独に耐えかね、深夜にスマホでくだらないネットニュースを延々と見続けたり、洗濯をしていない不衛生な寝間着で四六時中、過ごしたりすることも多々あった。そうした「不健康な一人暮らしの習慣」も、ササポンがいることで自然と減っている。他人が家にいるという、ただそれだけのことが、曲がりなりにも自分を律し、平穏な日々のいいスパイスになっているようだった。

一方、収入がないことは、「今後どう生きていくのか」という問題を自分のなかで大きく浮き彫りにしていく。お金がなければいつまでもこの家を出ていけない。おっさんと二人きりの生活を続けていくことに鈍感《どんかん》になるほど、私は落ちぶれたくはなかった。


体調が落ち着いてきた頃、一刻も早くこの状況から脱するため、私は都内某所で通販会社の梱包《こんぽう》のアルバイトを始めた。時給一二〇〇円のこのバイトは、十代の頃から仲のいいヒカリが紹介してくれたものだ。現役歌手のヒカリは芸能活動だけでは食べていけず、生活費の一部をアルバイトによって賄《まかな》っている。

「仕事辞めたの？　それならウチで働けば？」

飄々《ひょうひょう》とした彼女がさりげなく紹介してくれたそのバイトは、主に段ボールの梱包や解体、指定された場所への商品発送などを手がける簡単な仕事だった。何よりもスケジュールの融通《ゆうずう》がきくため、ヒカリのほか、高校の同級生で、女優（と言っても近頃はほとんど活動していない）景子《けいこ》、芸能活動を続けながら働く明美《あけみ》、瞳《ひとみ》という三人の女性がいた。

私たちは手分けしながらローテーションを組み、せっせと作業していく。いずれも同年代でみんな気が合った。彼女たちとランチを食べながらバカ話に花を咲かせる日々は、私の心に安堵《あんど》をもたらす。

〝描いていたレール〟からはみ出してしまった悔しさや焦《あせ》りはあるが、今だけは、このバイトとササポンとの生活だけが、私と社会を結ぶ残された接点だった。

　こうして日々バイトに励《はげ》むなか、私はフリーランスライターとして活動していくことを諦《あきら》めなかった。曲がりなりにも数年間、〝会社員ライター〟として研鑽《けんさん》を積んだ自負もあるし、どんなインタビューも自信を持ってこなせる。

　先輩ライターのコネクションを頼りに、多くのメディアに企画書を出したり、出版関係者やマスコミの人間が顔を出す食事会に顔を出したりを繰り返す。だが、独立してからの実績がない私に、周囲の反応は冷ややかなものだった。記事一本の対価が数千円の仕事を一気に引き受け、なんとか〝自称ライター〟としての体裁《ていさい》を整える。

　そんななか、ついに大手ウェブメディアの編集長とコンタクトがとれた。そのサイトは、芸能ネタから時事ネタ、著名人コラムまで、数多くのジャンルを扱っていた。元々そのサイトのヘビーユーザーであった私は、どうしてもそこで記事を書きたかった。知人の紹介でなんとか接点ができると、熱心に営業メールを送った。すると女性編集長自らが、

「是非一度、会いましょう」と返信をくれたのだ。

　嬉《うれ》しかった。依然として数週間に一度は心療内科に通い、医師によるカウンセリングを

続けていたが、少しずつ、止まっていた時計が動き出した気がした。

　私は打ち合わせに備えるべく、パワーポイントでせっせと企画書作りに励んだ。これまでの経歴や得意分野をまとめ、どのようなことが即戦力として書けるのかといった点も簡潔にまとめた。私と会ってくれさえすれば、先方もその実力を高く評価してくれるはずである。

　リビングで資料作りを進める私に対し、ササポンが邪魔をすることは一切ない。お茶をすすりながらＴＶを眺《なが》めるか、山芋《やまいも》の浅漬《あさづけ》をシャリシャリと食っているかの、たいていどちらかだ。しかしその時は、パワーポイントを駆使しながらいそいそと書類を作っている私に、彼は通りすがりにさりげなくアドバイスをくれた。

「大木さん。この企画書だと、一番目立たせたい部分がどこなのか、よくわかんないね」

　厳しくもなく優しくもなく、ニュートラルに彼が言い放つ言葉の一つ一つは非常に的確だった。それらの指摘に私は驚き、せっせとフォントや文章、見出しを修正する。ササポンは大きな企業で管理職に就《つ》き、年下の部下からの信頼も厚いらしいと姉から聞いていた。

「ササポン、私の上司みたいですね」

　私がお礼の意味も込めて言うと、

「昔、ちょっと企画の仕事とかしていたから」

と、短い返事が返ってきて、その会話は終わる。

謎《なぞ》は深まるばかりである。

今はクリエイティブとはかけ離れた職場で働く、ササポンの過去を垣間《かいま》見た瞬間でもあった。

深夜までプレゼン資料を作り、アピールポイントも完璧《かんぺき》に仕上げた。

面談当日。

私は身なりを整えると、印刷した企画書を携《たずさ》え、指定された喫茶店へと向かう。

そのときの私は浮き立つ気持ちを隠しきれず、目がランランと輝いていたと思う。しかし、約束の時間を過ぎても編集長は姿を現さない。三〇分ほど待っても連絡がないため、メールを送るが、返信はこない。焦る気持ちを抑えながら、さらに三〇分後、メールをしてみると、ようやく返信が届いた。

「大木さん。編集部で検討したんですけど、やっぱり今のところ任せられるような企画はなさそうです。また、お願いします」

私との待ち合わせの時間に姿を現さなかったことへの詫《わ》びの言葉は、一切なかった。どうやら私の顔を見るまでもなく、彼女は気が変わってしまったようだ。その理由はすぐわかった。たまたまTwitterのタイムライン上で、そのサイトの公式アカウントがアップした、私との待ち合わせ時間と同時刻の投稿が目に飛び込んできたからである。そこには、ハリウッド映画に出演する俳優が急遽《きゅうきょ》来日したため、編集長自らインタビューを担当したという旨《むね》と共に、その俳優の横でウットリする彼女の姿がアップされていた。私と打ち合わせを行なう予定だったその時間、彼女はその俳優とのツーショットを撮っていたのだ。

相手がハリウッド俳優じゃ、しかたがないか。

私は、持っていた企画書を喫茶店のトイレのゴミ箱へ捨てる。そして席に戻ると、彼女からのメールには返信せず、「どうか少しだけ呪《のろ》われろ」と呟《つぶや》いた。

通りかかったウエイトレスが、驚いた形相《ぎょうそう》でこちらを振り向く。

私は慌《あわ》てて会計を済ませると、その店を去った。涙は、出なかった。

フリーランスで実績のない私が、なめられてしまうのはしかたがないかもしれない。

だが、連絡もなしでドタキャンされるおぼえもない。

残酷すぎる仕打ちだと思った。

しかし、そんな日も自宅に戻り、冷蔵庫にある残り物で夕飯を食べなければならない。

やけ食いにお金を使う余裕はないのだから。

帰宅後、自室でジャージに着替えたあと、二階のキッチンで私はタラコを温め、白いご飯の上にのせて黙々と食べ始めた。会社という組織からあぶれてしまった私という人間を、対等に相手してくれる企業はもはやないのではないか。そんな絶望感が押し寄せる。

そのとき、玄関から音が聞こえた。ササポンが仕事から帰ってきた音だ。私は冷静なフリをしながら、

「おかえりなさい」

と言う。するとササポンは第一声で、

「今日の打ち合わせ、上手《うま》くいった？」

と聞いてきた。普段はあまり干渉してこないが、今日までの私の熱の入れようを、彼なりに気にしてくれていたのだろう。

「ダメだったっす。なんか、会ってくれませんでした」

あえて笑いながらおどけた調子で答えると、ササポンは驚いた表情になる。

「どういうこと？」

「先方がドタキャンしてきやがって。『やっぱり頼めそうな仕事はありません』ってメールで断ってきました」

「そう」

「はい」

「そんな、変な媒体で書かなくてよかったね」

「はい」

短い会話を終えると、ササポンは何事もなかったかのようにリビングを出て行った。しばらくすると、ステテコ姿に着替え、ドラマ『相棒』を観るためにリビングに下りてきた。

テレビをつけ、ドラマを観終わるとウイスキーを一杯だけ飲み、ソファでうたた寝をし始める。私は夕飯を食べ終え、今日の怒りを鎮《しず》めるためにマンガ本を読んでいた。もう一度ササポンのほうを確認すると、彼はそのまま寝入ってしまったようだ。スヤスヤと眠るその身体《からだ》に、私はブランケットをそっとかけた。


しばらくアルバイトに没頭する日々を送っていると、再びチャンスが訪れた。

情報誌の編集者が、「ウチで記事、書きませんか?」と、Instagram のダイレクトメッセージ機能を利用して連絡してきてくれたのだった。見知らぬ人物ではあったが、どうやら私自身のSNSでの投稿を見て雑誌のイメージにマッチすると思い、オファーしてくれたらしい。

Ｎと名乗るその編集者によると、今後ビジネスパーソン層に訴求するインタビュー記事を掲載していきたいとのことで、その連載を私に依頼したいという。その雑誌は業界の中でも華やかさがあり、そこで書きたいライターがたくさんいる。私は、そんな雑誌の編集者が連絡をくれたことに舞い上がり、浮足立《うきあし》った。

打ち合わせの日時を取り決め、今度は直前で逃げられないよう、先方の社内での面談をお願いする。

今度こそ、結果を出したいと思った。

数日後の昼、私はその編集者と顔を向かい合わせていた。

気の優しそうな中年の男性編集者は、随分《ずいぶん》と親切に私の話を聞いてくれる。これまでに私が書いたインタビュー記事も読み込んでくれており、私は喜びのあまり饒舌《じょうぜつ》になる。

「大木さんのような、若くてやる気のある女性にね、僕としても経営者のインタビューページを任せたいんですよ」

ハキハキと話す彼は常に笑顔を絶やさない。私は、彼の佇《たたず》まいに安心感を覚え、心を開くようになった。長時間かけて企画の方向性を摺《す》り合わせ、その日は一旦、企画を持ち帰ることにした。

帰り際、彼がさりげなく、「いいネタを見つけたらすぐに共有できるように」とＬＩＮ

ＥのＩＤを聞いてきた。私は、その提案を喜んで受け入れ、彼とアカウントを交換し合った。

自宅に戻り、上機嫌で夕飯を作っていると、スーツ姿のササポンが帰ってきた。鼻歌まじりに料理を作る私を見て、彼はどうやら悟《さと》ったようである。

「ご機嫌だね。今回のプレゼンは上手くいったの？」

「はい。今回は完全に良い感じです」

「そう。よかったね」

「はい」

手短に昼間あったことを説明すると、その日も黙って別々の夕飯を食べ、別々に眠りについた。

その日の深夜二時、私が眠りに落ちようとした瞬間、ＬＩＮＥの通知音が鳴った。驚いてビクンッと起き上がり、メッセージを確認する。すると、そこには今日会ったばかりのＮから連絡が入っていた。

「今日は大木さんと話せて嬉しかったです。よかったら、もっと深く色々なことが話したい。今度、食事でもどうですか？」

動揺した私は、「数日以内に企画書をまとめますので、もう少々お待ち下さい」と、誘

いには乗らず無難な返事を返す。すると再度、彼から、

「企画の話もいいけど、今度はお互いのことについてゆっくりと話したいんだけどな。今夜これからでも」

と、いきなりタメ口の返信がきた。

その瞬間、悟った。どうやら、彼は完全に〝アウトな奴〟のようである。私は打ち合わせの段階で、彼の左手薬指に指輪がはめられているのを見逃さなかったし、そもそも、〝お互いのことについてゆっくり話すため〟に打ち合わせに足を運んだおぼえはない。あくまで〝企画のネタ出し用に〟と交換したそのアカウントに、こんなメッセージを送ってくるなんて、完全に下心が感じられる。

今日費《つい》やした労力がすべて、無駄だったのだ。

諦めの境地に達しながらも、私は取り急ぎ「おやすみなさい」とだけ返信して、スマホの電源を切ってしまった。

心の中に広がる絶望には、目をくれないようにしながら。

翌朝、スマホの電源を入れると、Nから「俺は諦めないから。よろしく」という謎のメッセージが入っていた。

私は再度、しっかりと絶望する。

そして、「昨日の編集者がヤバい奴だった」ということをササポンにさりげなく相談した。

起きたての彼は、発芽米《はつがまい》のような寝癖をつけてコーヒーを飲んでいたが、しばらく考え込むような表情をしたあとボソッと、

「僕、マネージャーのフリしようか？」

と提案してきた。私がどういう意味かと尋ねると、

「今度、大木さんにその人から連絡がきたら、『今後のやり取りはマネージャーを通して下さい』って言っていいよ。別に、僕がほんとにマネージャーのフリしてもいいし」

そして彼は、自分の仕事用のメールアドレスが書かれたメモを私に差し出した。

「今度から、このメールアドレスをＣＣに入れてもらってもいいし」

と言う。

先方には私がフリーランスであることを事前に伝えていたため、もしササポンにマネージャーのフリをしてもらうとすれば、相当無理のある設定だ。しかし、Ｎからのお誘い攻撃がしつこくなったときのために、私はその言葉に甘え、ササポンのメールアドレスをありがたく受け取ることにした。

その後も何度もNから、「今日の夜はどう?」「もしかして怒ってる?」といった数々のLINEが届いた。そのことに業《ごう》を煮やした私は、とうとうマネージャー作戦を実行することにした。N、私、ササポンという三人のグループメールを作り、次のようにメールで連絡をしたのだった。

「今度から、仕事のご連絡はマネージャーの笹本を通してお願いします」

すると、すぐにNからLINEに返信があった。

「大木さんはフリーランスではないのですか?」

私は速攻で返信をする。

「今日からライター事務所に入ることにしましたので。今後は個別のLINEではなく、先ほど送ったメールに連絡をお願いします」

今度もすぐに、メールではなく私のスマホのLINEの通知音が鳴る。

「事務所に入るなんて聞いてないよ。僕は、フリーランスの大木さんに仕事を依頼したんだから。これからも一対一でよろしく」

もう、何もかもが限界だった。

私はすべてのLINEの文面をスクリーンショットで撮り、その雑誌の編集長宛てに送りつけることにした。合わせて「今回の仕事の依頼はなかったことにしてほしい」とお願いする。

まもなく、その出版社から謝罪の連絡がきたことは言うまでもない。

その日の夕飯時、今回の一件でさりげなく私の身を守ろうとしてくれたササポンにお礼の気持ちを伝えるのと合わせ、顚末《てんまつ》を報告した。

すると彼は、「なんの話だっけ?」とでも言うようにキョトンとする。

そして、「そんな、変な媒体で書かなくてよかったね」と、いつかどこかで聞いたことのあるセリフを言った。


この件に関するふたりの会話は、それでおしまいである。

その日もササポンはドラマ『相棒』を観てから一杯のウイスキーを飲み、ソファで寝落ちしかけていた。今度ばかりは風邪《かぜ》を引くと心配した私が、「先にお風呂いただきますね」と声をかけると、彼はパッと目を覚まして自室に消えていった。

最初は冷たい印象だったが、一緒に住み始めてからというもの、彼の淡々とした優しさに救われている自分がいる。

その小さな背中を見送りながら、私は心の中で「サンキュー、ササポン」と語りかけた。

第三話　真夜中のスイカとショパン

シャリ、シャリ、シャリ。

甘い果汁をたっぷり含んだそれを口に入れると、瑞々《みずみず》しい音が室内に響いた。

時刻は、深夜一時である。

「大木さん、僕が、世界で一番美味《おい》しいと思うスイカ食べる？」

仕事が立て込み遅い夕飯を食べている私に、珍しくこの時間まで起きていたササポンが声をかけてきた。

それは通販で手に入れた貴重なシロモノだという。

新潟県南魚沼《みなみうおぬま》市の八色原《やいろはら》地域特産の「八色《やいろ》スイカ」という品種で、彼の一番のお気に入りなのだそうだ。

五十六歳のステテコ姿のおっさんと、アラサーの未婚女子。血縁、恋愛感情、共になし。

そんな謎《なぞ》のコンビが、真夜中にひとつ屋根の下、キッチンに集結する。

その状況がシュールで我ながら目眩《めまい》がするが、ステテコ姿のササポンは、大真面目《おおまじめ》な顔で紺《こん》色のエプロンを装着する。

そして、バレーボール大の艶《つや》やかに光るスイカをまな板の上に置き、半分にするように包丁を入れ、切り下ろしていく。

真っ二つにした瞬間、真《ま》っ赤に熟《う》れた果肉が顔を出し、甘いのに爽《さわ》やかな香りが鼻腔《びこう》に広がった。私たちは贅沢《ぜいたく》に四分の一ずつにカットしたスイカを、盆にのせて食卓へと運ぶ。

「いただきます」

ゆっくりと小さなスプーンですくって口に入れると、今まで食べたことがない豊かな甘みが広がる。種をとるのが焦《じ》れったくて、今度は指でほじくりながらかぶりつく。優しい舌触りも感じられて、恍惚《こうこつ》の境地だ。

口元が果汁で真っ赤に染まるが、気にせずピチャピチャと音を立て甘い汁を吸う。

種を吐き出しながら今このとき、上下ジャージという姿でなければ、どれだけ官能的なシーンになったことか。

しばし余韻《よいん》に浸《ひた》っていると、街の明かりと熱帯夜に惑《まど》わされたセミの鳴き声が聞こえた。

ササポンと暮らすようになり二カ月程経《た》つが、普段は別々に食事を摂《と》る生活を続けている。だが時々、こうして季節の果物や人から貰《もら》った饅頭《まんじゆう》などを、ふたりでシェアすることがある。肉体関係のない男性と共に暮らすことについて、未《いま》だ自分でもわずかに違和感を覚えるが、この独特な距離感に最近では少しずつ慣れていた。

満腹感でいっぱいになっていると、私のスマホのLINE通知音が鳴った。

見れば、以前、食事会の席で知り合った男性からメッセージが届いている。

「得意先とのゴルフ疲れたよ～☆　そっちは元気？？？」

こちらが頼んでもいないのに、恋人の如《ごと》く、本日の日報を送りつけてくる彼。一体どのような神経をしているのか、しばし考え込んでしまう。

私は面倒なので、速攻で「good」というポーズの竹内力《たけうちりき》スタンプを送り返す。

あぁ、一刻も早く、このやりとりを終えたい。

間違っても、こちら側から可愛《かわい》らしいハムスターやウサギのスタンプなど送ってはならない。ましてや、ハートのスタンプなど送ってしまえば、この手の男は私が自分に気があると勘違いする可能性がある。

面倒臭い。

大きなため息をつく私が視界に入ったのか、

「どうしたの？」

と、ササポンが聞いてくる。

「前に一度、食事をした人からの連絡なんですけど、四回も日程を調整したあと、約束当日に食事のドタキャン。信じられます？　会う気ないですよね？　会う気がないなら、LINEしてこないでほしいんですけど」

実際、私はその食事会以来、一度も彼に会っていない。それから数カ月が経ち、もはや赤の他人レベルまで関係値は戻っている。相手の顔すら、忘れてしまっている。

それなのに、今もLINEで連絡をよこしてくるのは、「メル友」か「文通相手」の感覚でいるのだろうか。もしくは、ただの暇潰《ひまつぶ》しか。それならば、連絡してくるごとに時給を下さい。

私は本当にウンザリしていた。彼にも、そんな彼にとりあえず返信してしまう自分にも。するとササポンは、

「本当に会いたいなら、どんなに仕事が忙しくても食事の時間くらい作るでしょ」

と、何食わぬ顔で私ごと一刀両断にする。

「そ、そうっすよね……」

迷いのないその言葉が腑《ふ》に落ち、私はドタキャン男に惑わされることが即刻バカらしく思えた。

今度から、竹内力のスタンプも、もう彼に返信をするのはやめよう。

アーメン。そして、ＬＩＮＥブロック。

食器を片付けたササポンは、二階リビングの隅《すみ》のピアノへ向かった。

クラシックを愛する彼は、こうして真夜中でも演奏の練習を始めることがよくある。二四時間いつでもピアノが弾《ひ》けるよう、リビングには防音パネルを施《ほどこ》しているのが彼のこだわりだ。

どうやら今夜の選曲は、『別れの曲』のようである。

「練習だから、真剣に聴かないでね」

背中を丸めて演奏するササポンは、眼鏡《めがね》を光らせて現代のショパンに変身する。スイカを食べていたときとは打って変わり、荘厳な表情になるのが少し可笑《おか》しい。

この世の寂《さび》しさがすべてちりばめられた音楽が流れると、リビングは小さなコンサート会場となる。それを聴くうち、今夜はふと、ササポンにも言えない恋を思い出してしまう。

それは、この家に越してくる、数年前の夏の出来事であった。

高宮浩介《たかみやこうすけ》とは、私がアイドルをしていた二十代前半の夏に、渋谷《しぶや》の水《みず》タバコ屋で知り合った。

当時の私は仕事に疲れ、真夜中にその店に行っては酒を飲み、束の間《つかのま》の休息をとっていた。それしか息抜きする方法が、見当たらなかったからである。行けば何をするわけでもなくボーッとするか、マスターに人生相談をしていた。

ある日、三十代後半の男がひとりでふらっと入店してきた。チェックのシャツを着た大柄な男で、目つきが悪く、混雑した店内で私の隣のカウンター席に座った。ドサッと全体重をかけて椅子《いす》にもたれかかり、実に感じが悪く、高圧的な態度だった。

相手が私のことをどう思ったかは知らないが、互いに無視したまま水タバコをふかしていた。

取り留めもなく私は、マスターと話を続ける。将来の保証がまったくないアイドルという職業についての不安とか、恋愛がご無沙汰《ぶさた》すぎてヤバい、とか。マスターはいつものことなので笑っているが、隣に座った彼はなんとなく不快そうな顔をしている。そして、

「声がキンキンして、うるせぇ……」

ボソッとそう言った。

その言葉は、あからさまに私に向けて放たれた嫌味である。

「言いたいことがあるなら、ハッキリ言ってくれますか？」

酒が回っていた私は、その場で彼に反撃をした。

マスターに仲裁されながら、その後しばらく言い争いになる。

気がつくと、すっかり夜は明けていて、客は私たちふたりだけになっていた。

「ごめんね。もうそろそろ閉め作業入るわ……」

人のいいマスターに遠慮がちにそう言われた私たちは、気まずさを抱えて店を出た。

店の入り口で彼はバツの悪い顔をしながら、

「さっき、意地悪言ってすみません。ここの店来る前に飲んでて、酔ってて」

と言ってきた。

「人の声帯とか、努力で変えられないところをディスるのは最悪です」

私は気分が悪いままだったので、嫌味たっぷりにそう返してその場を後にした。

しかし、大柄な男が素直に謝る姿は、どこか可笑しかった。

渋谷の白《しら》んだ空に半月が浮かび、どこかでセミが鳴いていたのを今も覚えている。

それが浩介との出会いだった。

マイナスな印象からスタートしたが、その後も何度も店で彼と遭遇した。次第に、ぽつりぽつりと会話めいたものをするようになった。彼は、フリーランスのカメラマンだった。

専門学校卒業後、大手出版社で週刊誌の専属カメラマンとして入社した彼は、数々の芸能人のゴシップ写真を撮ることで生計を立ててきたという。数年前にフリーランスとして独立して以来、ひとりで広告案件などを回し、アシスタントはつけない主義であることも聞いた。年齢は私より少し歳上で、バイクが趣味だと言う。

二回目に会ったときには「この前、失礼なことを言ってしまったから」と、私の分の勘定を払ってくれた。彼はいつもどこかに不思議な透明感があり、その場にいるのにひとり隔絶《かくぜつ》された世界にいるような孤独さがあった。

他の客と世間話をする瞬間の笑顔と、ひとりで考え事をしているときの表情のギャップが凄《すご》い。

私は、その瞳の奥の孤独が宿る闇《やみ》を「サイコパス」と言って、よくからかった。

ある日、共通の行きつけの飲食店があることを知ると、さらに距離は縮まった。

私の友人であるヒカリも誘って、浩介と私はその店へご飯を食べに行くことになったが、会話が特別弾《はず》むわけではない。自由に食べたいものを頼み、お酒を飲む。気遣《きづか》いせずにいられる相手に出会ったのも、私の人生で初めての経験だった。

私は居心地《いごこち》がいいが、彼も同じ気持ちでいてくれているのだろうか。

そして、この気持ちは恋愛感情なのか。いや、違うのか。

彼と私のそっけないやりとりを見て、ヒカリは「あんたたちの会話は一ミリも色気がないね」と嘆《なげ》いていた。

「屋久島《やくしま》に、仕事で自然の写真を撮りに行くんです。アシやってくれます？」

浩介からそんな連絡がきたのは、その秋の夕暮れのことだった。

「アシスタントは、雇《やと》わない主義じゃなかったの？」

私が笑いながら言うと、

「いや。なんか、簡単な作業でいいから手伝ってほしいなって」

その一言に予感めいたものを感じながら、私は鈍感《どんかん》なフリをして快諾《かいだく》する。

私自身も屋久島は何度も訪れたことがあり、山登りも経験しているため土地勘はある。

久々に行きたいと思ったたし、自然豊かな屋久島の土地に癒《いや》され、リフレッシュしたかった。

今回は島への交通費と宿泊費を彼が負担してくれる代わりに、撮影に協力するということで思惑は一致した。民宿に二部屋を確保し、それぞれ別の部屋で寝て、必要なときだけ合流する。

仕事以外の時間は連絡を取り合わずに、互いに撮影や山登りに集中しながら。

夜、星空の撮影をしているときのことだった。

私たちの周りは、数千年を生きる巨樹と満天の星の他には何もなかった。

浩介が最後の一枚を撮り終え、シャッター音が途切れた瞬間、お互いの精神的な距離がゼロになった気がした。

自分たちでも驚いたが、経験したことのない空気が流れたのは間違いなかった。

キスもしていない。ハグもしていない。

だが、引きつけあうようなエネルギーで結ばれてしまったことに、なんとなく気がついた。それまで手さえ握らなかったふたりだが、撮影の帰り道、どちらからともなく夜の空気に溶けあうように手をつないでみる。

その手は、大きくて温かくて、私は泣きそうになった。

中学生同士のカップルみたいに、ただ嬉《うれ》しくて幸せで、心に灯《あか》りがともったみたいだった。

東京へ帰る日。

港で船を待ちながら、私はこの時間がいつまでも続けばいいと思った。

「私、浩介のこと、シンプルに好きかもしれない」

冗談半分に言ったけど、その声は少し緊張して震えた。

しかし、彼は前を向いたまま、何も答えなかった。

しばらく無言の時が流れたあと、彼から長く付き合っている恋人がいることを打ち明けられた。

結婚するかもしれない、と言う。

「先に言えよ」と笑って返し、早々にその会話は切り上げた。

浩介は、男女の関係に至らない存在だからこそ、隣にいて楽なので問題ない。別に驚く必要も、感情を乱す必要もない。そう自分を納得させた。

では、なぜ、私を屋久島に誘ったのか？

それを聞くのは、きっと野暮《やぼ》なことだと思った。

都内に戻った数日後、彼から、

「屋久島で変な空気になっちゃったけど、ごめん。なんかあれ、大丈夫だった？」

と、メールで連絡がきた。

「はい？　大丈夫ですけど、何か？」

私は平然と返信した。

このときの私は「今まで通りに戻れる」と思っていたし、余裕のある女を演じて平気なフリをしなければ、と思った。今考えれば、すでに心は、彼によってたくさん動かされていたのに。

その後、水夕バコ屋で何度も顔を合わせることがあった。そのたびに「あれはなんでもなかった」という顔をして、普通に会話をした。もうそろそろ、〝あのときのこと〟を忘れられたかもと思うタイミングで、彼から再び仕事の依頼があった。

今度の仕事は、観覧車の撮影だった。内部から見える外の景色を撮影する案件だ。彼が、狭い空間の中で、ピントを合わせるために私の横顔を試し撮りする。私はその写真を見て、

「ブスに写っている」

と激怒してみせたが、本当は凄く可愛く撮れていた。

自分がこんなに柔らかい表情ができるなんて知らなかった。

その日から私は、彼に少額のバイト代を貰いながらアシスタントの真似事《まねごと》をするようになった。

あるときは、地方の仕事で群馬県へ行った。仕事を終えた夜、彼が予約したビジネスホテルに入ると、隣同士の部屋があてがわれていた。安ホテルのため壁が薄く、彼の咳払い《せきばら》や、シャワーの音まで聞こえてきた。

「今、お風呂入れてるでしょ？」

私が笑いながら彼にメッセージを送ると、

「このホテルは、壁が薄くてダメだな」

落胆した返信があった。私と彼は互いに壁に耳を押しつけあって、

「あ、今、歩いたでしょ」

「今、お湯止めたでしょ」

「俺のこと考えてるでしょ」

「そっちこそ、私のこと考えてるでしょ」

「うん。ダメ？」

「別にダメじゃないけど」

「大木さん、あのね」

「何？」

「なんでもない。おやすみ」

他愛《たわい》もないことを深夜まで続け、最後に「おやすみ」とレスをして寝た。

浩介と一緒にいると、自分の知らなかった扉が一つ一つ開かれていく感じがした。

私は、はじめて男性と向き合えている気がしていた。

だが、その相手には恋人がいる。

それでも〝何か〟を期待してしまう自分に嫌気がさす。

もう、ふたりで会うべきではない。

そう悟《さと》った私は、ある日、彼を渋谷に呼び出した。

「あたし、好きな人ができたから。まぁ別に、これまでもどうってことはない関係だったけど、そういうことだから」

震える声で私は嘘《うそ》をついた。すると彼は、

「よかったじゃん。明日から必要以上に関わったりしないから」

そう言って、帰りそうになった。

私は泣いて足元がふらつき、ひとりで歩けない状態になった。その姿を見た彼が戻ってきて、

「心配で帰れない」

と言った。

結局、ふたりで同じ方面行きの最終バスに乗った。

乗客の少ないバスの中、私はめちゃくちゃに頭がおかしくなった。

「どうせ会うのは今日が最後だろうし、ここでキスしていいよ」

と言うと、彼は、

「何言ってんだよ」

とだけ呟《つぶや》いて、私に指一本触れなかった。

そして、それきりふたりの関係は完全に終わった。


次の春が訪れた頃、私はアイドルを辞《や》め、一般企業に就職して営業兼記者になった。

ある日、オフィスで慣れない仕事をしていると、ヒカリから一本の電話が入った。

「一昨日《おととい》、浩介くんが結婚したらしい。水タバコ屋のマスターからの情報」

私はその日、どうやって帰宅したのか記憶がない。回らない頭で翌日の仕事を休み、東京から飛び出した。

感情が追いつかないまま、真鶴《まなづる》という神奈川の海辺の町に宿をとった。ここで一度、海岸の撮影をするという浩介の仕事を手伝ったことがあった。その途中、突風が吹いて乱れた私の前髪を、彼は何気なく直してくれた。そのときの私は、彼に髪を触られただけで自分の心が歓喜していることを、もう否定できなくなっていた。

美しい思い出だけが、フラッシュバックする。

恋人がいるのに、私に近づいた彼。そのくせ、私にキスもしなかった彼。あいつが悪人なのか聖人なのかはわからないが、今はただ、激しい怒りがこみ上げる。

それなのに、どうして嫌いにはなれないのか。

元々、浩介なんて人は存在しなかったのではないか。

ならば、いっそ、あんな男とは出会わなかったことにすればいいのではないか。

私は海辺に続く坂の途中、阿呆《あほう》のように泣きわめく。

常軌を逸《いっ》した私の泣き方を見て、すれ違った車が心配してくれたのか、一度停まり、そして過ぎ去った。

そこから、数カ月が経った。

「ひとりの男に囚《とら》われる必要はない」

日中は、どこからか魂《たましい》が解き放たれる声が聞こえて、多少前向きになれる。だが、夜になると、あの男に会いたくなってしまう。私は、別に結ばれなくてもいいから、バカで優しくて不器用なあの男の大きな手を、最後にもう一度だけ握りたかった。

そこから長い時間をかけ、少しずつ私は心の整理がつけられるようになっていった。

ある日、ヒカリに飲みに誘われ、いつか浩介と出会い入り浸っていた水タバコ屋に行くことになった。思い出が溢《あふ》れて辛《つら》いが、ヒカリはいつものように馬鹿話ばかりして笑わせてくれる。彼女が私と浩介の関係に触れないでいてくれることが救いだったが、帰り道で、

「アンタと浩介くんの関係は、なんかよくわかんなかったし、よくないものだったかもしれないけど、あたしだけは、忘れないでおくね」

と、ポツリと言った。付き合いの長い友人の、慈愛《じあい》に満ちた表情を見る。

私は彼女に、浩介への感情を伝えることができなかった。

親友にでさえ、自分の本当の気持ちを伝えることは、ヨコシマな自分を認めてしまうようで怖かったのだ。


どうやら私は、人を愛するということを知った。

だが、浩介と一緒に過ごした時間はここで終わる。

そして、私はこれからも生き続けなければならない。

この「名前の付けられない感情」を知る前と知った後では、後戻りができないほどに人生という河の流れは強まっており、私はもう少女の頃には戻れない。

せめて、あのときのアホなふたりが、今も地球のどこかにあるパラレルワールドの中でもいいから、生き続けていてほしい。選ばれなかった人生の先にあった一つの選択肢《し》として、五次元とか六次元とか七次元とか、よくわからないけれど、どこでもいい、ふたりが幸せに過ごしていてほしい。

それが、唯一自分に許された祈りなのではないかと思った。

その後、私は必死で仕事に集中する日々を送った。

婚活も仕事も、友人関係も、何もかも必死で頑張った。

頑張れば頑張るほど、彼との思い出を消していけるような気がしたからだ。

私は、浩介と繋《つな》がっていたすべてのSNSを断ち切り、彼の情報が一切《いっさい》入ってこないようにした。

気がつくと、ササポンの奏《かな》でるピアノの音が止まっていた。

私は少しだけ泣いていたようで、彼はさりげなくボックスティッシュを手渡してくれる。

鼻をかむ。

真夜中のショパンは、思い出を鮮《あざ》やかに蘇《よみがえ》らせる魔力がある。

ササポンは泣いている私に何も聞かず、

「もっと上手《うま》く弾けるようになりたいなあ。この曲、別れたカミさんが好きだったんだよ」

そう呟いて、自室に引き上げていった。

第四話　煩悩《ぼんのう》ババア

その日、夕方までバイト先で梱包《こんぽう》作業に勤《いそ》しんでいると、ヒカリから、

「今日バイトが終わったら、渋谷でＩＴ系の男の子たちと飲むけど来る？」

と誘われたが、私はきっぱりと断った。

「ごめん。飲み会は会社員時代に行きまくったし、行っても実りがなかったから、もう卒業したいって思ってる」

さらに言えば、今日は男性と食事に行くような服装で出勤していない。退勤後は大人しく家に帰り、焼き魚や納豆などを食べようと思っていた。

しかし、珍しくヒカリは、

「たまには若い男の子と話せる場所に行って、リハビリするのもアリなんじゃないの？」

と言って引き下がらない。私はしかたなく質問を返す。

「ちなみに若い男の子って、いくつくらい？」

「二十六歳。自分で起業しているような子たち」

「なんで、そんな輝かしい未来のある子たちと知り合いなのよ」

「大学の後輩だから」

「おぉ……。高学歴、乙《おつ》」

ヒカリは歌手として活動する一方、頭脳明晰《めいせき》かつ帰国子女で、有名私大を卒業している。裕福な家庭に育っているが、歌手としての稼《かせ》ぎでは足らない自分の食い扶持《ぶち》をバイトで賄《まかな》う彼女の姿勢に、私は好感を持っていた。

私は悩んだ挙げ句、今夜は久しぶりに参加してもいいかな、という結論に達する。ヒカリが言う通り、たまには私にも〝リハビリ〟が必要かもしれない。それに、年頃のオンナがいつまでも同世代の男と会話する接点がないのも寂《さび》しい話だ。だが、服装の問題は残る。

ヒカリに相談すると、「その辺の店で買えば？」とセレブな意見を提案される。普段なら即却下だが、今回は彼女のプランを受け入れることにした。私たちはタイムカードを押して退勤すると、渋谷の街に電車で向かう。

ハチ公口に下りると、日が暮れても日中の熱がコンクリートに残っているのを感じる。時刻はマジックアワーが綺麗《きれい》な午後六時を回っていた。

「どう？」

渋谷マルイの試着室にいる私に彼女が持ってきたのは、七八〇〇円のスリット入りの青いロングスカートだ。伸縮性があり、遠目から見るとデニム地にも見えて、カジュアルかつ品がある。

　おそるおそる、試しに穿《は》いてみると腰まわりが綺麗に見え、スリットからチラッと肌が見える。元々着ていた薄手のニットとも絶妙にマッチし、〝大人カジュアルコーデ〟が完成した。購入後、近くの雑貨屋で服装に合う手頃なイヤリングも衝動買いする。

　即席でドレスアップした私は、徐々に浮足立《うきあし》っていた。八時を過ぎた頃、指定された和風居酒屋へと向かう。

　案内された個室には、育ちのよさそうな男性がすでに二名着座し、私とヒカリを入れて四名の男女が揃《そろ》った。

　私の隣には鳥羽《とば》くんと名乗る、紺《こん》色のスウェットを着た男の子が座る。長いまつ毛に、切れ長の目。白い頬《ほお》は、水に溶けて消えてしまいそうなほど繊細で美しい。すっきりとしたフェイスラインの中心には、ツンとした鼻と薄い唇がバランスよく配置されている。

　自己紹介の順番がやってくると、鳥羽くんはハキハキと喋《しゃべ》る。彼は現在二十六歳で、新進気鋭のＩＴ系ベンチャー企業で執行役員として働いているという。

「自分の目標は、社員全員が永遠に『夢を見続けられるような企業』にすることです」

　笑って語る彼の瞳には、濁《にご》りがない。

その後、私にもターンが回ってくる。

「ウェブメディアを中心にライターをやっています」

シンプルに自分の職業を伝え、連載を持つ媒体の説明を始めると、思いのほか食いつきがいい。

彼は瞳を輝かせながら、

「自分、小さな頃から作文とか日記とか、苦手なんすよ。だから、文章書くヒトとか憧《あこが》れます」

と積極的に話しかけてくれて、私は内心舞い上がった。

照れた私は、会話の合間を埋めるように「豚みぞれ鍋《なべ》」を取り分けようとした。すると、

「そういうのは、お互いに自分でやりましょう」

と彼は言い、取り皿を手にした私を優しく制した。

一方的な気遣《きづか》いは不要なのだと、私は自分自身を恥じる。そのまま、ヒカリのほうにもチラリと目をやる。彼女は彼女で、コンサル系の企業に勤務するというマッチョくんと盛り上がっているではないか。

よし。これは、完全に二ペアのカップルが成立という流れだろう。次第に私は気持ちが

大きくなり、何杯もビールを飲み続けた。ヒカリが、不穏な表情をこちらに向け始めていることも知らずに。

数時間後、私たちは流れで二軒目に行くことにした。先日オープンしたばかりだという日本酒バルに徒歩で移動する。その店は、飲みたいテイストを店主に伝えると、一合徳利《どっくり》に入った日本酒がおまかせで出てくる酒落《しゃれ》たシステムだった。

到着後、私は完全に「よくないエンジン」が入る。鳥羽くんにベッタリとくっつき、過去の恋愛事情を聞き出しては、

「うわぁ。その行動はないわぁ。モテないパターンだわぁ」

と彼の過去の行動をひたすら否定し続けるという、絶望的な態度をとった。酔った私にとって、それはある種の〝プレイ〟ではあった。しかし、いよいよ彼からのレスポンスは悪くなっていく。

そこでようやく私は危機感を抱《いだ》いた。今度は、先ほどまでの失言に対する不安解消のため、ベタベタと彼に触り続ける。彼の唇がわずかに歪《ゆが》んでいることにも、気づかないフリをして。

巻き返すことが不可能に思えた私は、ますます酒に溺《おぼ》れた。

その日は明け方まで飲んでいた気もするが、私の記憶は怪しい。帰り際、駅まで送ろうとしてくれている彼らに対して、私はしつこく、

「まだ鳥羽くんと一緒に飲みたい」

と、吠《ほ》え続けたことは覚えている。

自分のなかでは、あくまで可愛《かわい》らしくぶりっ子しているはずだった。しかし、ふと軒下《のきした》の窓ガラスを見ると、皮脂でじっとり額《ひたい》がテカり、落ちたマスカラで目の下が真っ黒になった醜《みにく》い女がいた。ギリシア神話に登場する怪物・メドゥーサのような女、それは私自身だった。

彼らは最後まで優しく私を促《うなが》しながら帰っていったが、酔いの冷めない私は、

「あの男は、なんでこんなチャンスを逃したんだろう……」

と傲慢《ごうまん》にも考え続け、ヒカリに支えられながらなんとか始発に乗って帰宅した。

数時間後。

二階リビングのソファで、私は目が覚めた。昨夜の服のまま眠る私の身体《からだ》の上には、毛布がかけられている。ササポンが、かけてくれたらしい。

ふと、嫌な予感がしてスマホのメモ帳アプリを開くと、明け方の酔った自分から、目覚めた自分へこんなメッセージが記されていた。

「数時間後、目覚めたお前は、鳥羽くんにしつこくアプローチしたことを後悔するだろう。でも、大丈夫だ。いける。このまま積極的にアプローチを続けろ。後悔するな」

家に戻ってきてからの記憶はない。だが、数時間前の自分が必死になって背中を丸めて、「自分を否定するな」というメッセージを打ち込む姿を想像するのは容易《たやす》い。

私は勇気を振り絞《しぼ》り、ヒカリに謝罪と状況確認のために電話をした。一コールもしないうちに、不機嫌そうな彼女の声が響く。

「もしもし」

「おはようございます。大変申し訳ありません。昨夜はご迷惑をおかけしてしまったようで」

恐縮するあまり、私は親友に対して敬語になってしまう。

彼女は、明らかに呆《あき》れた口調で私に言った。

「アンタってさぁ、前から嫌なことあると、すぐ酒に逃げる癖があるよね」

「え？　嫌なことって？」

「とぼけないで。アンタまだ浩介くんとのこと、相当引きずってるでしょ？　帰りの電車の中で、『浩介』ってずっと寝言で呼んでたよ」

「嘘《うそ》でしょ？」

「ホント」

「それ、だいぶ終わってない？」

「うん、だいぶ終わってる。それだけじゃないよ。昨日のアンタの行動、全部聞きたい？」

「ちょっと待って。心の準備が」

私は覚悟を決めて、深呼吸する。

「はい、どうぞ」

「昨日、二軒目の店で、途中から鳥羽くんのことを『浩介』って呼んでた」

「マジ？」

「マジ。彼には謝ったほうがいいと思う」

「ほかに、昨夜の私の粗相《そそう》はありますか？」

「わかってるだろうけど、鳥羽くんにベタベタしまくってた。欲求不満のババア感が丸出しで、見ているこっちまで恥ずかしくなったわ」

帰国子女のヒカリは、こういうとき痛快なほど歯に衣《きぬ》着せぬ物言いをする。

「ほかに、粗相はありますか？」

「うーん。あとは鳥羽くんに……」

「はい」

「『セックス下手《へた》そう』、って言ってた」

「私は今、人生をやり直したい気分です」

「うん。そうだよね」

「一旦、落ち着くために電話を切ります」

「了解。死ぬなよ」

「承知しました」

衝撃のあまり、私はむしろ冷静になり、自分自身の始末のつけ方について考えた。

念のため、Facebookを開く。そこには、検索履歴にしっかりと「高宮浩介」の名があった。私はべらぼうに酔った頭の中で、なおも、あの男のことを考えていたのか。

もう、いい加減にしたほうがいい。

震える指で履歴を消去して、なかったことにする。

その後Twitterを開く。

良かった。SNSに変な投稿はしていない。

そのままGoogleを開き、「関東　滝修行」で検索を開始する。

酔っていたとはいえ、自分のようなセクハラまがいなことを言ったりしたりする人間は、滝に打たれて身を浄《きよ》める必要があると思った。だが、何はともあれ鳥羽くんに謝るのが先決だと思い直す。

私は、昨夜交換したとおぼしき鳥羽くんのＬＩＮＥアカウントを開き、お詫《わ》びの文面を速攻で送信した。

「昨日は楽しい時間をありがとう！　私、凄《すご》く酔っ払ってしまって。本当に失礼なことを鳥羽くんに言ってしまったみたいで……」

せめて可愛い子ぶりたくて、私はリボンを付けた子豚のスタンプも合わせて送る。

すると、彼からすぐに返信があった。

「僕も楽しかったです！　途中から、僕のことを他の男性と勘違いしていたみたいですけど、飲みの席だし全然気にしてないです。ただ……」

彼からの文面は、一度そこで切れる。次の言葉がまったく予測できず、私は恐怖のあまりクエスチョンマークスタンプを返す。

数分後、彼からは、

「あんまり、自分を安売りしないほうがいいと思いますッ！」

とあまりに適切でストレートな返信が送られてきた。

その重すぎる言葉をマイルドなものに置き換えたくて、ハムスターが焦《あせ》った表情をしているスタンプを送り返すが、もう彼からの返信はない。

当然の報《むく》いだろう。

私の浅はかな性的アプローチに対し、彼は、それを見破った。そして利口《りこう》な彼は、淡々と真理を教えてくれたのだ。

「オンナ」をウリするのはいいけれど、内面の美しさが伴《ともな》わないままアピールをしても、自分自身の価値を落とすだけなのだと。

彼からの、オブラートなしの至極まっとうな意見にダメージを受けた私は、膝《ひざ》から崩《くず》れ落ちる。そのまま、絶望を抱えてソファに身体ごと倒れ込んだ。


時刻は、朝七時を迎えようとしていた。

寝間着姿のササポンが三階から下りてきて、

「おはよう」

と眠そうに私に声をかけてくる。

私はスマホを食卓に置き、椅子《いす》から立ち上がって深呼吸したあとで彼に謝罪の言葉を伝えて頭を下げる。

「ササポン。私、友だちと盛大に飲んで記憶がなくなるほど酔っちゃって。何かご迷惑をかけませんでしたか？」

「いや、別に」

「寝ている私に毛布をかけてくれました？」

「うん。明け方に一度トイレで起きたら、リビングから音が聞こえて。覗《のぞ》いたらアキちゃんがソファに倒れ込んでたから。風邪《かぜ》ひくと思って、かけといたよ」

「ありがとうございます」

ササポンは、食パンをトースターに入れて普段通りの表情でコーヒーを淹《い》れ始める。

近頃は何も言わずとも、互いに食卓のどこに座るか定位置が決まっている。

弱っている私は、彼の優しさに泣きそうになりながら着席した。互いに食卓を挟んで向かい合うと、彼はさりげなく、

「飲むかい？」

と言って、香り豊かなコーヒーをマグカップに入れて差し出してくれた。

私は礼を言い、ありがたく飲みながらため息をつく。しばし無言の間がおとずれ、彼は焼き上がったトーストを無心に頬張っている。

私は、思い切って切り出した。

「ササポンは、死にたくなった経験はありますか？」

「あるよ」

「どんなときですか？」

「離婚したとき」

「コメントしづらいっす」

「孤独で寂しくて、つらかったけど。でも、人ってどんなことも乗り越えられるようにできてるから」

続けて、私は質問する。

「ササポンは、お酒で失敗したこと、ありますか？」

「お酒には強いから、あんまりないね」

「そうですか。いいな」

「何？　昨日の夜、そんなに派手にやらかしたの？」

「はい。めちゃくちゃ、やらかしてしまったらしいです」

「あら」

「なんか、いま考えると私、昨日は『酒には強い、飲めるオンナ』だって周囲に思われたかったのかもしれません」

「そんなに変な意地を張って、得することなんてあるの？」

「わかりません。でも、なんか多分カッコつけたくて。自分の限界を超えてまで飲んでしまいました」

ササポンは、眼鏡《めがね》の奥で何かを感じ取ったようだ。持っていたコーヒーカップをゆっくりと食卓に置き、私を見る。

「まぁ、あれよ。若いうちはなんでも失敗して、苦い思いも経験して、自分のリミットを知ればいいの」

私はその言葉にハッとする。しかし、つい思ったことを口にしてしまった。

「いや、ササポン。私、もう若くないです。もうすぐ三十になるオバサンですよ」

「若いよ。ビックリするほど若い。まだまだこれから、人生が驚くほど楽しくなる」

ササポンは立ち上がると、私が飲み干したマグカップも一緒に流し台に下げてくれた。

そして、今しがた自分が使っていた食器と一緒に洗いながら、ボソッと言う。

「自分のことを、必要以上に『年寄り』だと思わないほうがいいよ」

その後ろ姿を見ながら、私はふと、もう一つだけ質問を投げてみることにした。

「今さらですけど、ササポンって、私と数カ月暮らしてみて、どんな風に思ってるんですか？」

「え？」

「いや。こんな失敗ばかりのアラサーのこと、どう思っているのかなって」

「急に言われても」

「ですよね」

唐突に質問されたことで彼は戸惑《とまど》っており、頭をポリポリと掻《か》いている。

それからしばらく考えてから、

「遠い親戚の、大切なお嬢さんを預かっているような感じ。これに近いかなぁ」

と閃《ひらめ》いた顔で言った。

「なるほど……」

ササポンは、「まぁ、なんにせよ、過ぎ去ったことはしかたないのよ」と呟《つぶや》くと、一階の洗面所で歯磨《はみが》きやヒゲ剃《そ》りを済ませて三階の自室へ上がっていき、その数分後にはスーツを着て出社していった。

私は、「過ぎ去ったことはしかたない」という言葉を反芻《はんすう》しながら、鳥羽くんの優しげな表情を思い出す。

彼の白い肌が脳裏《のうり》に浮かび、ウットリとするのも束《つか》の間《ま》、粗相が蘇《よみがえ》ってナチュラルに死にたくなる。

こんなにも浅はかで弱く脆《もろ》い私が、いつか脱皮できる日がくるならば。そのときには、鳥羽くんとも、どんな男の人とも、ササポンとのように自然体で接したい。そのためには私自身が、もっと自信を持つ必要があるのだろう。

はたして自信とは、何をすれば手に入るものなのだろうか。

社会的地位を得ればいいのか、収入を増やせばいいのか。

いや、今よりもルックスを磨き上げればいいのか、やっぱり、もっと内面的な充実を図ればいいのか……。

ひとつ、分かったことがある。今の私にとって、こうした失敗も吐《は》き出すことができる存在がいることは、大きな救いだ、ということだ。

しばし目を閉じて深呼吸をすると、私はバイトに行く準備に取り掛かった。

第五話　「ご報告」恐怖症

「もう長いこと一緒に住んでるし、何も変わんないんだけどね」

バイトの休憩中、近くのカフェで皆でランチをしていたときのことである。

ゆったりと紅茶をスプーンでかき混ぜながら、景子は自然な流れで私たちに結婚すると打ち明けてきた。

彼女は芸能活動をするなかで知り合ったスタッフと長いこと同棲《どうせい》し、以前から「いつ結婚してもいい」と言っていた。完全に女優を辞《や》めて、家庭に入るという。

「別に、芸能界になんの未練もないのよ。元々、凄《すご》くこの世界が入りたくて入ったわけじゃないし」

淡々と述べる彼女は、十四歳の頃、その美しさゆえに何十社ものプロダクションからスカウトを受けて長崎から上京した経歴の持ち主だ。

しかし、それほどの美貌《びぼう》を持ち合わせていても順調にいくとは限らない。

一時期は本格的に女優を目指し大手事務所に所属するも、これといったチャンスに恵まれないまま歳《とし》を重ねていた。時には人気ドラマのプロデューサーに無理やり口説《くど》かれそうになったり、舞台俳優の男性とこっそり付き合ったり、浮き名を流していた。

今のパートナーと交際を始めてからは、ほとんど表の仕事をすることがなくなり、彼の仕事を支える側に回るようになっていた。しかし勤勉な彼女は働く手段は捨てず、生活費の足しにするべくバイトに励《はげ》みながら今に至るというわけだ。

私は、彼女の白く華奢《きやしや》な手が段ボールを解体したり、せっせと電話応対したりしているのを見るたびに、いつも涙が出そうになる。その動作一つ一つから、芸能界で経験した不条理を受け入れ、諦《あきら》め、それでもまっすぐに生きる姿勢がなぜか伝わってくる気がするからだ。


彼女とは高校二年生のとき、クラスメイトだった。

当時、私たちの通う高校には「芸能コース」と呼ばれる特別クラスがあり、同級生は皆、俳優やグラビアなどの芸能活動をしながら学校に通っていた。私自身、中学三年生の頃に父親を亡くし、早くから家計を支える必要があったため、別の高校に通いながら女優として活動をしていた。その後、芸能コースのあった高校に転校し、学校に通いながら日夜オーディションに挑むが、上手《うま》くいくことは少なかった。

そんなある日、教室で彼女に、

「ねぇ、『どっちが先に涙を流せるか選手権』しない？　女優、目指してるんでしょ」

と、声をかけられた。

それまでほとんど話したことはなかったが、その挑戦状を面白がって受けて立つ。

すると、彼女は一分三〇秒でポロポロと涙が流せたのに、私は三分以上もかかってしまった。

「凄い。なんでそんなに簡単に涙が流せるの？」

そう聞いた私に、彼女は笑いながら、

「マネージャーとか、ムカつく奴のこと思い出すと、すぐ涙が出せるけんね」

と、いたずらっぽく方言を交えて答えた。

そこから仲良くなり、互いに将来の不安について相談する仲になった。あの頃は毎日、阿呆《あほう》の一つ覚えのように変顔写真を送りつけあいながら笑っていられた。

突然の結婚報告に私の心拍数は上がり、震える手でティーカップの中へ角砂糖を入れ続ける。

「よかったじゃん……！」

隣の客が驚いて振り返るほど大げさに手を叩《たた》き、オーバーリアクションでそう叫ぶ。しかし、どれだけ感嘆のバリエーションを用意していたとしても、決して上手な芝居はできなかったと思う。

「ありがとう」

繊細な彼女は、私の心の中に生まれた黒い渦《うず》さえ察知していたかもしれない。ひきつった私の形相《ぎようそう》を見て寂《さび》しそうに瞳孔《どうこう》が揺れ、微笑《ほほえ》んだ。ヒカリや明美、瞳は喜びを隠せずに泣いている。

きっと、こんなにも〝妙な気持ち〟になっているのは私だけに違いない。

ところが、いくら涙を流そうと頑張っても、湧《わ》いてこない。

複雑な気持ちを抱えたまま、私は彼女に祝福の声をかけまくった。

こうして景子が仲間内で初めての既婚者になったのは、夏がピークを迎えた八月中頃のことだ。

心の底に重い鉛《なまり》がじんわりと沈んでいく。

景子がいっそ、ハイスペ男子との結婚を虎視眈々《こしたんたん》と狙《ねら》うような〝打算的な女〟ならば、嫌いになれるのに。だが、景子はひたむきで真面目《まじめ》で、泣きそうになるほどいい女なのだ。

そんな彼女が腹を決めて男性と恋に落ち、女優の夢をすっぱりと諦めて結婚をする。その流れが私の眼前で眩《まぶ》しすぎる光を放ち、せつない余韻《よいん》と共に心に影を落とす。

一生同じ景色を見続けてくれると思っていた景子も、私を置いて、行ってしまうのか。


その日の夜。

バイトメンバーと別れてから、私は家の近所の惣菜屋《そうざいや》で夕飯用の「山菜おこわ」を買う。一つ買えば満足する大きさだったが、今日は頭が働かずに二個も買ってしまった。

そのまま帰路につき二階のリビングへ上がると、ソファで横になりTwitterを開く。するると、「ご報告」と名付けられたサムネイルが、今日もタイムラインに上がってきた。

このタイトルが名付けられたSNSの投稿を、もう何十回、目にしたことだろう。

結婚の知らせをするのであれば、何も皆一様に「ご報告」という紋切《もんき》り型の言葉を使わなくてもよいのではないか。だが、こうした投稿を見かけるたびに、まんまと私はURLをタップしてしまうのだ。

今回もブログを開くと、その女性タレントは、このような文章を記していた。

「☆ご報告☆
このたび私は、一般の男性と入籍させていただいたことをご報告させていただきます。

彼とは知人の紹介を通じて知り合いましたが、友人のひとりとして関わっていくうちに誠実さと優しさに惹《ひ》かれ、いつしか人生を共にしたいと考えるようになりました。未熟なふたりではありますが、これからもどうぞ温かく見守ってくださると嬉《うれ》しいです。

尚《なお》、これからも妻として彼を支えながら、お仕事を続けていきますので、どうぞよろしくお願いします。」

感動的な文面ではある。

だが、同じ文面を今年だけで七回くらい、別の女性たちのブログでも見ている。そして、〝一般〟という言葉も気になってしまう。

芸能界にいない人間を示す形容として、相手の男性を〝一般〟と括《くく》るのはいかがなものか。

さらに男性側の顔にスタンプを押したツーショット写真を掲載しているが、顔を消すくらいなら、最初から掲載しなければよいのではないかと思ってしまう。

最初にこの〝定型〟を作り出したのは、一体誰なのだろう。

そんな皮肉しか思い浮かんでこない自分を殴《なぐ》りたい。

スマホを見るのをやめてため息をつき、少しまぶたを閉じていると電話が鳴る。ディスプレイの番号表示もろくに確認せずに出ると、若い男の声が響いた。

「お久しぶりです！　お元気ですか？」

電話の主は、会社員時代から繋《つな》がりのある、三つほど年下の広告代理店勤務の男の子・神田《かんだ》君であった。

彼とは何度かデートしたこともあるが、忙《せわ》しない日々のなかでお互いの存在を忘れた相手のひとりだ。爽《さわ》やかな声音《こわね》と、わざとらしいほど謙虚《けんきょ》な挨拶《あいさつ》。

久しぶりに聞く若い男の子の声はちょっと可愛《かわい》かったが、すぐに嫌な記憶が脳裏《のうり》に蘇《よみがえ》る。たしか関係が疎遠になったあと、彼は自身のInstagramで、ギャル風の若い女の子と同棲している様子をチラつかせていた。

なんとなく腹立たしくなった私は、その後、彼のアカウントをブロックして記憶の彼方《かなた》に葬り去っていたのだ。

「元気だよー。どうした？」

コンマ五秒で記憶を打ち消して返事をすると、彼は何やら相談があるという。

「すいません。ちょっと何人か、すぐに可愛い子集められます？　芸能やってたし、余裕でしょ？　もちろん、会計はこっちで持ちます」

彼によると、一週間後に得意先が同席する重要な「接待飲み会」があるという。そこで私のキャスティングで、気が利《き》く美女を数名集めてほしいとのことだった。要は、得意先のご機嫌をとるためのコンパニオン要員を探しているのだ。

悲しさを誘うのは、「私が請《う》け負《お》うことを前提とした口調」で、彼がその会に誘ってきていることだ。

「こんなに美味《おい》しい話、ありませんよ！」

彼は、通販番組で司会者でも務めているかのようにグイグイ甘い言葉をまくしたてる。

「神田君、ごめんね。悪いけど、他当たって」

私は絶望のあまり、むしろ優しい声色で彼の誘いを断る。

彼は電話口で、

「え～！　なんでですかぁ～！　うちの独身の執行役員とか、超オススメ物件、いっぱい来るんで考え直してくださいよぉ～！」

と、最後までめげずに誘ってきたが、そっと私は電話を切った。

アーメン。そして、彼に幸《さち》あれ。

まもなくササポンが仕事から帰り、二階のリビングに上がってきた。

「おこわ、一つ食べます?」

唐突に私が声をかけると、彼はキョトンとしながら、

「じゃ、貰《もら》います」

と言って、私の向かいの席に座った。やや元気のない私に気がついたようで、

「今日は、なんか面白いことあった?」

と質問してきた。

私は心のどこかで「待ってました!」と言わんばかりに、口火を切る。

「親友が結婚しちゃいました」

「あら、そう」

「同志がひとり、減っちゃいました」

「なんの同志?」

「人生の同志っす」

「なんで、その子が結婚しちゃうと、同志じゃなくなっちゃうの?」

「いや、これからも一生大切にしたい親友ですけど。これまでと同じような関係ではいられない気がするんです」

するとササポンは、表情を変えず一言ぼそりと呟《つぶや》く。

「別に、結婚が幸せとは限らないけどね」

「は、はい……」

「死ぬときゃ、どうせひとりだし」

「は、はい……」

私が押し黙っていると、ちょうどTVから孤独死関連のニュースが流れる。

「僕の理想の死に方は、ひとり軽井沢《かるいざわ》の高原で雪の日に足を滑らせて、頭打って誰にも迷惑をかけずにこっそり死んで、雪解けと共に発見されることかなあ」

そういえば彼は、休日を使い、数年前に軽井沢に建てたという小さな別荘にひとりでよく通っている。普段から淡々と正論を吐くササポンの意見には妙な説得力があり、私は呆然《ぼうぜん》としながらもどこか納得しそうになる。

そして、ササポンの最期《さいご》を一瞬だけ想像し、打ち消した。

軽井沢で雪解けと共に発見される、小さく丸まり安らかな眠りにつくササポン。

不謹慎かもしれないが、イメージしたその顔は、いつも通り穏《おだ》やかだった。

夏の終わりまでに存分に鳴き切ってやろうと、「生」に執着するセミの声を聞きながら私は思う。

今年の夏も、二十九歳を迎える私の誕生日を祝ってくれる男性は現れそうにない。

私の誕生日は、平成元（一九八九）年八月十八日で、毎年この時期になると祝ってくれる相手を必死で探していた。

二十二歳の頃には、一度「誕生日ハイ」のピークを迎えた。

「なんとしても男と誕生日を過ごしたい」という、つまらぬ願望から、無理やり男性と食事に行きまくり、無理やり彼氏を作った。そしてつまらない男性と誕生日を過ごすことを選ぶ。その男性が用意してくれた誕生日プレゼントは、なんと高島屋《たかしまや》のお惣菜だった。

「今日はアキちゃんの誕生日だから、ちょっと奮発して、いいお惣菜買ったから」

そう言って彼は、袋にぎっしりと詰《つ》まったオクラや茄子《なす》を嬉しそうに見せてきた。ふたりで食卓を囲み、そのお惣菜を「美味しい、美味しい」と、妙なテンションで食べた記憶がふと蘇る。

別にお惣菜が悪いわけではない。だが、成人した男女が誕生日を過ごす甘い空間で、何もお惣菜を食べなくてもよかったのではないか。ましてや、彼女にネックレスや指輪の一つも買えないような経済状況の男ではなかった。

以来、私は誕生日のために無理やり彼氏を作ろうとすることはやめた。

頭の中に思い描いていた「人生年表」では、もうとっくに結婚しているはずだった。しかし手痛い失恋も経験し、今ではなんの因果か、こうして赤の他人のおっさんと暮らしている。

誕生日は前日から、バイト仲間のヒカリと景子と明美、瞳がディズニーランドで祝ってくれることになった。

園内に詳しいヒカリが率先して案内をしてくれ、夏だけの特別なアトラクションを体験し、パレードを見て盛り上がる。女五人、土産物《みやげ》コーナーでぬいぐるみやカチューシャを選ぶ時間だけは、少女に戻れた気がした。

しかしそのとき、再び脳内から自分の嫌な声が聞こえてきた。

「この子たちも、男ができたら、いつかは私の前から姿を消すに決まっている」

そんな声だった。

もしそうであるならば、そのとき、私はどうするだろうか。ひとりで婆《ばあ》さんになり、たった一人でセルフ介護していくのか。老後の資金は貯まるだろうか。ここから一生、セックスすることもないのか。

そんな思考を打ち消しては、残酷なほど可愛いキャラクターのカチューシャをフィッテイングする。鏡に映る自分の姿をふと見れば、丸々太った熊のようだった。日々の不摂生で顔は浮腫《むく》み、髪はパサついている。さらに酒の飲みすぎで腹が出ている。しかし、わかっていても、やめられない。きっと何も変えられない。

隠していれば、誰にも気づかれないだろう。

自撮りするときだけは、顎《あご》を引き、小顔に見せればよい。

裸を見せる機会も、もうきっと、ないだろう。

身長一五六センチ、体重六二キロ。体脂肪三五％。

アイドルとして活動していたときから、実に二〇キロ以上、体重は増えていた。

閉園差し迫る午後十時前、携帯電話が鳴る。母からだった。

「今ディズニーランドで友だちが祝ってくれてる。急ぎじゃないなら、電話はあとで」

手短に済ませようとすると、母は、

「どんなに遅くなってもいいから、あとで必ずかけ直して」

と、珍しく念を押してくる。

その神妙さは、身内の誰かが危篤《きとく》なのではないか？　と疑うほどだった。不穏に感じたが、私はそのとき、夢の国のすべてが楽しくてしかたなかった。限られた時間を一秒も無駄にはしたくない。結局、生返事をして電話を切った。

閉園後、夜の渋谷へ移動すると、バーに入り、テキーラを飲む。それから日付が変わる十分前には店を出て、彼女たちはいよいよ私の「誕生日カウントダウン」を行なってくれた。スクランブル交差点の中央で零時《れい》を迎えると、四人は「おめでとう〜！」と大きな声で叫んでくれる。恥ずかしくて、嬉しかった。

「幸せになりた〜〜〜い！！！」

気がつけば、私は大きく叫んでいた。

今日、この二十代最後の誕生日。

私のことを祝ってくれる男性は現れなかったけど、唯一の砦《とりで》である親友たちがそばにいてくれた。しかし景子が結婚することで、来年からは、そうもいかなくなるのだろうか。

来年のこの日のことを考え、早速焦《あせ》っている自分のことが嫌になってしまう。未来を摑《つか》むには、ぼんやりと心と身体《からだ》の準備が足りなくて。

けれど、こうして大好きな友だちに祝ってもらっていて、私、幸せ。私、幸せ。

私、本当に、幸せ？

その後、居酒屋へ移動し、存分に食べて飲み、帰る頃には、ベロベロになった。

皆に介抱《かいほう》されながらタクシーに乗り込む寸前、景子がポツリと私に言った。

「どんな環境になっても、アンタとは一生、友だち」

私は酔った頭で、その言葉を受け入れる。

そしてニヤリと笑って、

「約束な」

と返した。

そのときようやく、私の元から巣立ってしまう彼女のことを祝福できる気がした。

引き続き、哀しい気持ちも継続している。

だが、それでも彼女のことを祝福したいと、もはや祈るような気持ちで思った。


帰宅したときには深夜一時を過ぎており、私は急いで服を脱ぎ、風呂場へと向かう。

しかし、実家の母からの電話は、逃げ切れなかった。

防水ケースに入れたスマホで写真を見ながら、楽しかった今日の思い出に浸《ひた》りながら湯船に入っていると、再び電話が鳴る。

「誕生日おめでとう」

「ありがとう」

「笹本さんとの暮らしは、どう？」

「楽しくやってる」

「そう。それなら良かった」

「……ママ。用件って何？」

私はどこか緊張しながら母に尋ねる。

「あんまり構えずに聞いてほしいんだけど」

「うん」

「あなたを産んだ日のこと、今でも覚えてる」

「なに、急に」

「二十九年前の暑い日。昼十一時五十分。未熟児だった。退院する日、小さなバスケットの中に体がすっぽり収まったから、それに入れて自宅に持ち帰った。それが、こんなに大きくなるとは。ここまで元気に育ってくれて、ありがとう」

鼓動が速まる。一体、何を言い出すのか。

「だから、用件は何？」

酔いも手伝って、つい、イラだった口調になってしまう。

「お願いがある」

「うん」

「痩《や》せてほしい。本来の姿に戻ってほしい」

「え？」

私がSDN48というグループで活動していた頃、体重は四一キロだった。体脂肪は正確に記憶していないが、おそらく一八％程度だったと思う。

日頃のダンスレッスンにより足首は締まり、ヘソ出し衣装を着ても腹はぺこりとへこんでおり、一度にいくつ弁当を食べても太らなかった。毎日、寝て、起きて、ステージに立って、倒れるように眠る。ただその繰り返しで、正しく言うならば、「忙しくて太る暇《ひま》が与えられなかった」のかもしれない。

グループを卒業し、一般企業で記者として働きだすと体重は一気に増加した。仕事は充実しており、やり甲斐《がい》も、使命感もある。周囲も私に、さまざまなことを親切に教えてくれたし、期待もしてくれた。

私はいつも前向きで、他人に感謝しているつもりだった。

だが、次第に、思い描いていた「アラサーキラキラ女子」とかけ離れていく自分に満足できない状態になっていたのかもしれない。

浩介の一件があってからは、さらに仕事に邁進《まいしん》し、婚活も積極的に行ない、完全にキャパシティをオーバーしてしまった。その証拠にパニック発作を起こし、仕事も辞めざるをえなくなり、今はササポンとルームシェアをしている。母は、その〝負のサイクル〟から脱してほしい、と言う。

「本来の自分の体重に戻れば、必ず良いサイクルが舞い込んでくる。母として断言する」

その声音は世界中のどのカウンセラーよりも優しかった。しかし、急に変わろうとしても変われない。それに、痩せることで人生のサイクルが変わる確証もない。それに、今でも人生は十分いい方向へ向かっており、減量にベクトルを持っていくのは違うのではないかと思った。しかし、母からの最後の一言で気持ちを押される。

「私に、痩せた姿をもう一度見せて。前のアキちゃんは、もっとキラキラしてた。痩せることが目標というより、マインドを変えてほしい。自分が変われば、他人を妬《ねた》んだりしなくなる」

とうとう目の前が揺らいだ。

そうか。今、変わらなければいけないのか。


風呂から上がると、食卓にピンクの包装紙で包まれた箱が置かれていた。そして、そのすぐ横には、何も印刷されていない裏面に一言、「誕生日おめでとう」と書かれたチラシがある。

驚きながら包装紙を剝《は》がすと、リフトアップ用の美容ローラーが入っていた。ササポンが気を利かせて私への誕生日プレゼントを用意し、置いておいてくれたのだ。保証書には、近所の家電量販店のスタンプが押されていた。

美容グッズなんて詳しくないだろうから、おそらくあの店の美容家電コーナーのお姉さんに相談でもしたのだろう。猫背になりながら真面目な顔で製品の説明を受けるササポンの横顔を想像する。

自室に戻り、おそるおそるローラーを肌に押し当て、そっとロールアップしながら鏡を見てみた。

すると、以前と同じようにほっそりと痩せた自分がその中に立っている。今、この一瞬の幻想だろう。だが、私は目が離せなかった。

アイドル時代のように「全盛期」と呼ばれた頃は、とっくに過ぎているかもしれない。それでも、自分が自分に納得できるようになれば、こんな私にも運命の人が現れたりすることもあるのだろうか。

私は太ってから、美容やダイエットに興味を持つことがずっと怖かったし、鏡を見ることも避けていた。改めて、先ほど母親から言われた言葉を反芻《はんすう》する。

「自分が変われば、他人を妬んだりしなくなる」

その言葉の意味を、今日ほど痛感したことはない。

そして今しがた貰ったばかりのササポンからのプレゼントを握り締め、「変わりたい」と心の底から思った。

第六話　セーラー服姿のアラサーよ、どこへ行く

二十九歳を迎えた翌日から、私は猛烈にダイエットを開始した。

母と姉も連携し、「太ったアキコを支える会」と名付けたグループＬＩＮＥを作成してくれた。このグループで私は、毎食ごとに、食べた物や体重を報告する。こんな年齢にもなって、家族の力を借りて自己改革しなければいけないなんてバカみたいな話である。だが、もう背に腹はかえられない。

牛丼大盛りにパスタ二人前、締《し》めのデザートはチョコレートに煎餅《せんべい》にアイス。一度の食事で自分がこれだけの量を食べていることに気づいてからは、魂《たましい》が覚醒《かくせい》した。おそらく、今マインドを変えなければ、自分を変えることは一生不可能だろう。そう予感すると猛烈な焦燥《しょうそう》感にかられ、自分を鼓舞することができた。

二カ月を過ぎた頃からは、今度は痩《や》せていく自分を実感することが楽しいゾーンに突入する。人から「痩せたね」と言われることも増え、スマホで自撮りをすることも怖くなくなった。液晶画面に映る自分の顔が、二重顎《にじゅうあご》ではなくなってきているからだ。

あれ？

なんだか近頃、目の輝きが増してきているような。

こんなに胸がときめくのは、何年ぶりだろう。

アイドル時代、衣装を着て自撮りをしていた、あの頃以来かもしれない。

久しぶりに自分のことを「可愛《かわい》い部類に入るかもしれない」と実感する日々は楽しくてしかたない。パサついた髪にはヘアオイルを塗り、乾燥した身体《からだ》にはボディクリームを塗って大切にケアをするようになった。

やっぱり女の子は、こうでなくっちゃ。

「万事順調」という言葉が頭をかすめ、私は生きる喜びに満ち溢《あふ》れ始めた。


秋本番を迎える頃、私はウインドーショッピングが楽しめるほど前向きな気持ちになっていた。何せ着られる洋服が増えているのだ。その事実が嬉《うれ》しくて、私は積極的にボディラインが分かる服を着るようになった。依然として新品の洋服が買える経済状態ではなかったが、安い古着屋を開拓しては、色とりどりの服を買い漁《あさ》った。

あるとき、ヒカリと景子と恵比寿《えびす》の街を歩いていると、デパートの中庭で野外映画会が行なわれていた。何気なくベンチに腰を下ろし、上映中の作品を観《み》ると、物語の展開にどんどん引き込まれる。それは、若かりし日のカトリーヌ・ドヌーヴ主演のフランス映画

『ロシュフォールの恋人たち』だった。

主人公は、フランスの田舎《いなか》街ロシュフォールでバレエ教師として生計を立てているデルフィーヌという女の子。彼女は、運命共同体のように仲のいい双子の姉と共に、「運命の男性」に巡り会うことを夢見て暮らしている。ところが、あるとき、姉のほうが先に愛する男性を見つけ、結ばれてしまうのだ。

デルフィーヌは最愛の姉を祝福しながらも、心のどこかで「自分の幸せはどこにあるのだろう」と打ちひしがれる。そんな彼女の前で、あらゆる希望に満ちた出会いが交錯《こうさく》していく。

華やかな生活を実現するため、パリへ旅立つことを決意するデルフィーヌ。出発の直前、かつての恋人であった男性がやってきて復縁を迫るが、彼女は毅然《きぜん》とした態度で断る。

彼は降参し、名残惜《なごりお》しそうに彼女にこう予言する。

「君の運命の人とは、きっとパリの大通りで巡り会えるさ」

デルフィーヌは、その言葉を胸にパリ行きの車に乗り込むのだった……。

その言葉は、まさに私自身の背中も押してくれた。頑張っていれば、私にもデルフィーヌのようにいい出会いがあるに違いない。ありがとう。カトリーヌ・ドヌーヴ。

あぁ、今なら道端に咲く花も美しいと感じられる。他人の幸せも、心から祝福できる気がする。これは、〝良い前兆〟だろう。

私は、自分がシンデレラになったような気分に浸《ひた》りながら、再び人生に期待が芽生《めば》えるのを感じていた。

そう、あの日までは。


ある朝、寝起きにベッドでFacebookを開き、眺《なが》めていたときのことだった。

見慣れた顔が目に飛び込んできた。

浩介である。最悪だ。

共通の知人が、彼の投稿をシェアしていることで、目に入ってしまった。しかも彼の隣には、ショートカットの女性が並んでいる。さらに、ふたりのあいだには柔らかそうな布に包まれた新生児が眠っており、こう書かれていた。

「報告が遅れてしまいましたが、無事に先日、二九五〇グラムの元気な男の子が生まれてきてくれました」

その一文を読んだ瞬間、地球上にある全重力が身体にのしかかってくる感覚に陥《おちい》った。

衝撃のあまり、呼吸が止まり、私はスマホを枕元に伏せ深呼吸する。

しばらくして、再度、画面を開く。

どうやら夢ではなさそうだ。その証拠に「いいね」がたくさんついている。彼は今や売れっ子カメラマンらしく、生まれたての我が子を、複数のアングルで押さえていた。

突如として私の心はメッタ刺しにされ、一瞬で処刑された気分に陥《おちい》る。手の震えが止まらず、発狂する寸前で堪《こら》えた。もし発狂したら、二階のリビングで朝食の準備をするサポンを驚かせてしまう。

そっと二つの指で液晶に触れ、浩介の隣に立つ女性の顔をクローズアップすると、心なしか自分と似ている。吐き気がするが、空咳《からせき》ばかりが出て、絶望のあまり目の前が真っ暗になる。こんなときでも無意識のうちにカレンダーアプリを起動させ、彼女が妊娠したと思われるタイミングを計算してしまう自分が情けない。

あぁ、よかった。

彼と私が、完全に切れてからの子どもである。

あぁ、そうか、でも。あぁ、そうか、でも。

彼が他の女性と〝子どもを作る行為〟をしていたことが受け入れられず、動揺が続く。

いやそもそも、このような事態を覚悟したからこそ、私は浩介から離れたのではないか。

アハハハハ。

そうか。そうだった。そうだった。

充分にありうる話だよな。

アハハハハ。

しかし、何もこのタイミングでなくてもいいではないか。

やっと私は、人生で前を向けそうなのに。

ねぇ、どうして、どうしてこのタイミングで。

ねぇ、神様。

私、無理。


私は、再びどん底まで落ちた。

日中、ライター仕事の打ち合わせをするときは、怖いほどの笑顔を貼り付けて取材先と話すことができる。しかし、それ以外のすべての時間は泣き散らかした。

バスに乗っても、電車に乗っても、テレビを観ても、トイレに行っても、何をしていても涙が滝のように溢れ出てしまう。

次第に、外出中はサングラスをかけるようになった。頬回《ほおまわ》りまでカバーしてくれるデザインのものでないと、泣いていることが周囲にバレてしまう。そのため、石原《いしはら》軍団に加入したかのように、レンズの大きな色付きサングラスを購入した。

フェミニンな格好《かっこう》をしていても、ロハスな格好をしていても、目元だけはなぜか裕次郎《ゆうじろう》風の女が都内を歩いている。それは、私だ。街行く人々は、不似合いなサングラスをかけて肩を小刻みに震わせる女を不審に思っているだろう。そんな自意識に苛《さいな》まれると、さらに落ち込む。

「もう今日は泣かない」

そう思ってみても、突発的に哀しみの波が襲いかかってきて、所構わず私を蝕《むしば》む。食欲中枢《ちゅうすう》は一切《いっさい》機能しなくなり、固形物は何ひとつ喉《のど》を通らなくなった。

こうした状況のなか、バイト先へ出勤すると、ヒカリと景子が驚いた様子でこちらを見ている。

「どうしたの……？　目、腫《は》れすぎて別人みたいになってるけど」

心配する彼女たちを前に、私は真実を伝えることを躊躇《ちゅうちょ》した。混濁《こんだく》した感情を友だちに打ち明けることができるのは、二十代前半までの〝少女たち〟に許された特権である。三十手前にもなり「ダメな恋」でダイレクトに傷つき、これほどダメージを受けてしまっていることなど、ぜったいに悟《さと》られたくない。そんな、つまらないプライドが自分の中で蠢《うごめ》く。だが、彼女たちに嘘《うそ》をつくことはできなかった。

休憩中、近くの定食屋で、

「何があったのか、素直に言え」

半《なか》ばヤクザの脅《おど》しのような表情で迫られ、私は観念して口を割る。

「好きだった男に、いつのまにか子どもが生まれていた。死にたい」

するとヒカリは〝浩介の一件〟だと察し、景子はそれ以上何も聞かずに頷《うなず》いてくれた。

こうしているあいだも、自分の意思とは無関係に涙が出てきてしまう。途中からは、彼女たちが背中をさすってくれた。

無理やり食べようとしていた定食のご飯をポロポロとこぼし、嗚咽《おえつ》する私の姿は恐ろしくブスだったに違いない。だが、もう涙を止めることはできなかった。

その日から私は、彼女たちによる手厚いライフサポートを受けるようになった。

自宅にひとりでいるときも、街中をひとりで歩くときも、ふたりから継続的に「生存確認の連絡」が飛んでくる。深夜には、

「絶望的な夜を迎えているだろう。だが、明けない夜はない」

バイト出社前の時間帯には、

「歩き疲れたら、躊躇《ちゅうちょ》なくタクシーに乗れ。今だけは、移動にかける金に糸目《いとめ》をつけるな」

そして休日の朝には、

「おはようございます。今日のご予定は？」

まるで専属のコンシェルジュでも雇《やと》ったかのように、こまめにメッセージが届く。この過干渉ともいえるＬＩＮＥの数々に、心から助けられている自分がいる。

ヒカリと景子にしてみれば、私が何をしでかすかわからない切迫した状況にいることを感じたのかもしれない。その献身的なサポートは、もはや介護に近い状況であった。

さらに私は、恥を忍んで「闇《やみ》の日報」を彼女たちに送りつける。

「朝食の味噌汁《みそしる》は、なめこ一個しか喉を通りませんでした」

「今日は整体に行きましたが、施術中に浩介のことを思い出して号泣しました。整体師に、怪しい人に思われたに違いありません」

すると彼女たちから、

「なめこを嚙《か》めたことが、まずは天才」

「整体師は、施術が気持ち良すぎてアンタがエクスタシーを感じて泣いたと思っているに違いない」

こうした励《はげ》ましが日夜、送られてくる。

その甲斐《かい》あって、私は心の砂穴に閉じ込められずに済んだ。

ある日のバイト帰り、彼女たちがパトロールがてら、私を自宅まで送ってくれることになった。

一階の私の部屋に通すと、荒《すさ》んだ状況を見た彼女たちは頼んでもないのに片付けを始める。お礼にお茶の一つでも出してやりたいが、買い物に行く気力すら残っていない。

二階のキッチンへ上がり冷蔵庫の中を確認するも、あいにく食料も飲み物も何も入っていない。すると、ふたりは私を残したまま近所のスーパーまで買い出しに行き、「タコ焼きの素《もと》」を買って戻ってきた。そのまま食事の準備に取り掛かろうとするふたりを見ながら、私は、

「ふたりの服が汚れちゃうから、部屋着を貸したい」

と呟《つぶや》く。すると彼女たちは私を制し、

「アンタの部屋行って勝手に借りてくるから、休んでな」

と言って、一階の私の部屋へ下りていった。

ドアを開け閉めする音が何度か聞こえた後、急に静かになる。

なかなか戻ってこないことを不審に思いながらウトウトしていると、数十分後、笑いながら階段を駆け上がってくる声が響いた。

やがて現れたのは、私の高校時代のセーラー服を纏《まと》うふたりだった。

唖然《あぜん》とする私を前に、ヒカリは、

「クローゼットの中に、高校の制服を見つけちゃって。ちょっと夏服借りたよ。よく捨てずにとっといたね」

そう言ってニヤリと笑う。

さらに、なにやら紙袋を取り出して景子が言う。

「アタシは冬服を借りた。この場合、アンタも何か着ないと寂《さび》しいでしょ？　なので今、そこのハンズで買ってきた！　コスプレ制服を着てもらいます」

そう言いながら、あっという間に私の部屋着を脱がせ、さっさと女子高生姿に変えてしまった。

私は、唐突なショック療法に思わず吹き出してしまう。

「なんなのよ……。もう」

ササポンの帰宅には早い時間とはいえ、二階リビングで着替えさせられることにハラハラしながらも、もう笑うしかない。

なぜ私は、無理やり制服を着させられているのか。たまったものではない。たまったものではないのに、涙がこぼれ落ちてしまう。

「もう来年、三十路《みそじ》なんですけど。アタシたち」

口元に涙と鼻水が流れ落ち、会話を邪魔する。

「いくつになっても、バカみたいに騒いだっていいじゃん。年齢なんて、ただの記号だし」

と、景子が笑う。そして、

「今日は『心から男を愛した記念』に、タコ焼きパーティーを開催します」

と声高らかに宣言し、キッチンでザクザクとネギを切りはじめた。

女子高生姿のアラサー女三人が料理をしている光景は、明らかに奇妙である。

あっという間に支度《したく》が整い、タコ焼きを大量に作って食べていると、ササポンの声が聞こえた。

「いらっしゃい」

スーツ姿の彼は少し驚いた顔をしながら、ネクタイをゆるめる。

私は慌《あわ》てて立ち上がり、

「す、すいません……！　この格好は……」

と、思わず言い訳をしようとするが、上手《うま》く言葉が出てこない。

普段、他人を家に招き入れる際は、事前にその旨《むね》を彼に伝えるようにしている。しかし、今回は急遽《きゅうきょ》ヒカリと景子が来てくれたため連絡を怠《おこた》っていた。

帰宅後、二階リビングで制服姿のアラサー女三人を目にしたササポンは、仰天《ぎょうてん》したに違いない。

どう考えても怪しすぎる。私が言葉を探しあぐねていると、

「お邪魔してます！　私たち、アキコの親友です。よろしくお願いします」

と、ヒカリが元気良く挨拶《あいさつ》する。重ねるようにして景子が、

「噂《うわさ》に聞いていたササポンさんですね！　タコ焼き食べますか？」

と、明るく質問した。すると彼は、とくに臆《おく》することなく、

「じゃ、一ついただきます」

そう言って、手渡されたタコ焼きをパクっと一口で食べてしまった。

ヒカリが笑いながら、

「アタシたち、ちょっと落ち込んでいるアキコを励ましたくて、制服を着てるんです。驚かせてしまってすみません」

と、さらりと謝罪する。するとササポンは、

「そう」

と、絶妙な温度感の返事をした。

セーラー服姿のアラサー女に挟まれるササポンは、若干ピンサロの勧誘を受けているサラリーマンに見えなくもない。だが私は、そんな不埒《ふらち》な思考を瞬時に打ち消す。彼はヒカリと景子に半ば強引にいくつかのタコ焼きを口元に運ばれ、しばらくモグモグタイムを継続すると、

「じゃあ、ごゆっくり」

と言って、のっそり三階の自室へ引き上げていく。

ヒカリが、ササポンが階段を上がっていくのを見送りながら、

「あの人が、アンタが一緒に住んでるおじさんね。なんか、いい人そうで良かった」

そう言って笑いながら景子と顔を見合わせ、そのままの格好でタコ焼き作りを再開した。

しばらくして、ステテコ姿に着替えたササポンがキッチンに戻ってきた。冷蔵庫から何か取り出したかと思うと、

「差し入れ」

と、私たちに何やら冷たい袋を渡してくる。

それは彼の好物「山芋《やまいも》の浅漬《あさづけ》」であった。

「これ、ササポンの大好物じゃないですか。申し訳なくて、いただけないです」

私が慌てて断ると、彼は、

「落ち込んだときは、美味《おい》しい物を食べて、寝るに限る」

そう呟き、再び三階の自室に戻っていった。

ヒカリと景子は、ササポンの後ろ姿をキョトンとしたまま見送っている。もしかしたら、彼なりに私を元気づけようとしてくれたのだろうか。

タコ焼きを食べ終え、片づけを済ませると、その日はセーラー服のまま渋谷へプリクラを撮りに行った。夜ふけまでカラオケで歌い、踊り狂う。大人になってから着る制服は、もはや心を無敵モードにさせてくれた。一見バカげた荒療治にもかかわらず、私はスッと心が軽くなっていることに驚く。途中、ヒカリが大きな声で、

「手痛い失恋は、皆で成仏《じょうぶつ》させていこう。オバサンになっても」

と笑いながら叫んだ。

そのまま、センター街の中心で円陣を組み、

「この先も、この中の誰かが落ち込んだときには必ずそばにいよう」

と大声で誓い合う。

その瞬間、「十八歳の頃の世界」にタイムスリップした気がした。十代の頃はまだ心が透明で、根拠のない自信に満ち溢れていた気がする。

私はいつから、こんなにも自信を失《な》くしてしまったのだろうか。

気がつくと、真夜中の渋谷のど真ん中で、セーラー服姿のアラサー女三人は揃《そろ》って泣いていた。

第七話　ふたりだけの軽井沢《かるいざわ》旅行

インターホンを押すと、小さな機械音と共に、大仰《おおぎょう》に扉が開いた。少し緊張しながら、私は〝向こう側の世界〟へと歩を進める。そこは静寂《せいじゃく》に包まれた空間で、無機質なグレーのソファが目に飛び込む。

秋の優しい朝日が窓辺からゆったりと流れ込み、私はソファに腰を下ろす。どうやら、今日は予約が少ないようである。

平日の午前という慌《あわ》ただしい時間帯にもかかわらず、待合室は時が停止したままだ。一瞬、世界から取り残されたような焦燥《しょうそう》感にかられる。私は心を落ち着かせるように息を吐《は》き、目を閉じた。

〝一歩も歩けなくなったあの日〟以来、こうして一カ月に一度、私はこの病院に通うことにしていた。

「メンタルクリニック」ではなく「ストレスクリニック」と謳《うた》うこの病院は、閑静な高級住宅街の一角にあり、四十代半《なか》ばの大熊《おおくま》という医師が切り盛りしている。名前の通りクマのような顔つきをしているが、診察が丁寧《ていねい》で、患者に対しても腰が低い謙虚な医師である。

彼が結婚しているのか、していないのか、プライベートな情報は一切《いっさい》不明で、ただ、私は彼との会話の相性がいい。別に、彼に診《み》てもらったところで、特別重要な出来事を話すわけではない。だが、「足が動かなくなる」という想定外の事件が起きてから、定期的にカウンセリングを受けて、心の天気模様をプロに吐き出すことが必要な気がしている。

私はこの診察で毎回、家庭環境や恋愛事情、アイドルという特殊な環境下に置かれていた当時の状況を、あけすけに話していた。当初は心療内科に通院することなど、ハッキリ言って嫌だった。〝おかしくなってしまった〟ということを認めてしまうようで、他人には言えない。ヒカリにも、景子にも、だ。だが、コップの水が溢《あふ》れかえるように、ストレスが心から溢れ出る経験をした身にとって、メンタルケアは最重要事項である。

抱えている時限爆弾が爆発し、もし再びピタッと足が止まってしまったら？

フリーランスになった今病んだら、今度こそもう仕事ができなくなるのでは？

そう考えると、私はためらうことなく病院に通う手段を選ぶのだった。

予約した時間を過ぎたが、診察室の扉は閉められたままだった。

しかたなく、手持ち不沙汰《ぶさた》を紛《まぎ》らわすように木目調の壁をじっと眺《なが》めていると、診察室の扉がやっと開き、ひとりの女性が出てきた。整った横顔に、綺麗《きれい》に巻かれた髪。上品な香りのする香水の香りが辺りに漂う。柔らかそうなグリーンのニットを身に纏《まと》うその人は、私から目をそらすように去っていく。

見るからに何ひとつ生活に困っていないような、品のある、きっと誰かの人妻。この人にも、この人なりの事情があるのだろう。

数分後、大熊医師が診察室の扉を開け、

「大変お待たせ致しました。どうぞお入りください」

と、声をかけてきた。

そのゆったりとした言い方に、まるで人気フランス料理店の順番を待っていたかのような気分になる。

大熊医師は、今日も私を落ち着かせるテンションだ。白衣ではなく、いつも通りネイビーのポロシャツを着ている。この「白衣じゃないところ」が、きっちりとしすぎていなくて私は救われる。まるで彼の家にお茶でも飲みに来たような気持ちになり、心が落ち着くのだ。

私は吸い込まれるように診察室へ入り、慣れた動きで対面テーブルに座った。

「どうですか？　大木さん。その後の調子は」

「まあ、だいぶよくなったと思っているんですけれど」

「よかったです。そういえば、随分《ずいぶん》とお痩《や》せになりました？　一段とお綺麗に」

「ありがとうございます」

　彼はキモくない程度に、私のことを診察するたびに褒《ほ》めてくれる。何が哀しくて、医師の優しい言葉を真《ま》に受けて喜ばなくてはいけないのだろう。しかし、何も言われないよりはずっといい。

　実際私はいつも、この〝褒めプレイ〟に、心の中でひざまずきながら感謝していた。

「前に話した、浩介って人のこと覚えてます？　私が心から愛したカメラマンの男です」

「ええ。もちろん覚えています」

「結婚したことにも驚かされたんですけど、その人にいつのまにか子どもが生まれていて。知りたくなかったんですけど、うっかりSNSで知ってしまって」

「なるほど」

「恥ずかしながら、その事実がショックで闇落《やみお》ちしました。浩介に復讐《ふくしゅう》したいくらいなんですけど、別に、彼のことを恨《うら》んでもいないような複雑な感情で」

「ほう」

「親友にも手助けしてもらって、なんとか心は持ち直してはいるんですけど。この有り余る負のエネルギーを使って、もっと仕事を頑張らないとなって焦《あせ》っていて」

大熊医師がカルテに記入していた手を止めるが、私は構わず続ける。

「例えば、もっとフリーランスライターとして活躍できるように、今よりもさらに出版社へ売り込みをかけたりだとか、仕事に繋《つな》がりそうな飲み会に顔を出すとか」

「なるほど。素晴らしい」

「あとは、本当は今関わっている連載で、カメラ班が必要で。だから浩介にお願いしちゃおうかなって。仕事相手として付き合えば、乗り越えられるかもしれないし」

「大木さん」

「そうだ。そうしよう。彼だって子どもが生まれたばかりでお金が必要ですよね」

「大木さん。ちょっと、ストップ」

するとと彼はペンを置き、診察室の扉を開けて、どこかへ行ってしまった。しばらくすると温かいほうじ茶を片手に戻り、私に差し出す。それから彼は、おもむろに言った。

「心理療法の一種でね、『認知行動療法』というものがあります」

「はい？」

「これは、簡単に言うと『現実に起こった出来事』に対して、どのように事実を受け入れるのか、捉《とら》え方を整理していく治療方法なんですけれども」

「はぁ」

「でね、これは、精神科医として言います。今の大木さんのように不安や混乱に直面したとき、どのように対処することが限りなく正解に近いと思いますか？」

「わかりません。教えて下さい」

「その不安に『対処しない』ことです。たとえ不安を感じても、放置するんです」

驚く私の顔を見ながら、大熊医師は淡々と言う。

「いてもたってもいられなくなって、色々とアクションを起こしてみたり、挑戦したりしても、憂《うれ》いを晴らせるわけじゃないんです。だから、対処しない」

「でも、何か対処しないと私は一歩も前に進めません。このままだと今の『中途半端な自分』を認めてしまうようで、怖いんです」

「しかし、対処したところで不安感が消えてなくなるわけではない」

「じゃあ、教えて下さい。対処しないと、どうなるんですか？」

「対処しないと、何が残るかと言いますと、『ありのままの自分』が残ります」

「ありのままの自分？」

「素の大木さんにとって、それが極めて自然な行為ならば構いません。でも、慌てふためく大木さんが思いつきで打ち出した行為は、間違った結果を呼びます」

「と、言いますと……」

「浩介さんに連絡したい気持ちも、仕事を無理やり頑張ろうという気持ちも、一旦、脇に置きましょう。対処をやめて、正しい対処をゆっくり考えるんです」

大熊医師は、いつになく医者っぽい言葉遣《づか》いで、私にわかるように説明を続けた。

「無理をして自分の『心の財産』を消耗《しょうもう》し、本来の魅力を失うよりも、そのときは結果を出せなくても、何もしないほうがあとから考えると遥《はる》かに良い」

その説明を聞いた瞬間、私は頭の上にタライが落とされたような衝撃を受けた。ぐうの音《ね》も出ない。私は自分が焦って誤った行動に走ろうとしていたことを恥じる。

「でも、先生。私、恋愛も仕事も頑張りたいんですよ。このままでは終わりたくないっていうか」

最後の悪あがきで、私は彼に本音をぶつける。しかし、大熊医師は動じない。

「『ありのままの自分』で臨むしかないんです。現実を受け入れ、進む。いつも『人生頑張ろう』とがむしゃらに突っ走っても、本来の魅力は消えていくばかりです」

「でも！　何も対処しないことに罪悪感が芽生《めば》えてしまうというか」

「大木さん。人生において、心が疲れたときには必ず休憩が必要です。今は、私の言っていることが理解できなくても大丈夫です」

「……わかりました。しばらく『何も対処しない』でやり過ごしてみます」

私は大熊医師との面談を終えても、脳が混乱していることがわかった。会計をお願いして荷物をまとめ、ゆっくりと立ち上がる。去り際に一言、思い出したように私は付け足した。なぜかこれまで一度も、ササポンのことを話したことがなかったのに気がついたからだ。

「そういえば、先生。私、今、赤の他人のおじさんと一緒に暮らしているんです」

大熊医師はちょっと嘘《うそ》くさいと思っているような、驚いたような顔をして、こちらを向く。

続けて私は、

「なんか不思議ですけど、家族でも恋人でもないおじさんと暮らすことによって、少しだけ自分が解放されていっている気がしています。なぜか限りなくラクなんです」

「そうですか」

「先生は、こんな生活、おかしいと思いますか？」

「大木さん。これは医者としてではなく、健全なひとりの四十代男性として言います。羨《うらや》ましいですよ、大木さんと一緒に暮らす、そのおじさんのことが」

大熊医師は、そう言って少しだけ笑う。

「いいえ。おじさんに救われているのは、私のほうなんです」

私はそう言って診察室を出ると、会計を済ませてクリニックを後にする。

まだ残る朝の光が頭上に降りかかり、先ほどまでの世界とは少しだけ違う景色が、そこには広がっていた。


翌日はバイトに行くつもりだったが、ヒカリと景子から、

「たまには仕事のことを考えず、ゆっくり休みなよ」

と、休むことを勧められていた。しかたなく彼女たちの意見に従い、休みをとった私は昼頃に目覚める。寝間着姿のまま二階リビングでコーヒーを飲んでいると、ササポンがやってきた。

「あれ？　今日お仕事は？」

驚いて私が声をかけると、彼は、

「今日は軽井沢の別荘に行くつもりで有給とった」

と言う。そして彼は、

「一緒に行くかい？」

と珍しく誘ってきた。

これまで、近所の飲食店で食事をするとき以外、ササポンとは外で行動を共にしたこと

はほとんどない。にもかかわらず、私はなぜか今日は、その言葉に甘えて連れて行ってもらうことにした。

彼の車で三時間ほどの道中、私は近頃の疲れもあり、助手席でいびきをかきながら爆睡してしまったようだ。

起きたときには、木漏《こも》れ日の中に佇《たたず》む淡いブルーのログハウスに到着していた。

車内から一歩外に出て、伸びをしながら深呼吸する。ひんやりと気持ちのいい風が私の耳元を吹き抜けた。空気が美味《おい》しい。明らかに東京とは違う。冷たい風で樹々が優しく揺れ、周りにも何軒かセンスのいい別荘が点在しているのが見えた。

ササポンに導かれて玄関へ入る。すると、そこには開放感のある吹き抜けの空間が広がっていた。リビング中央にはグランドピアノが置かれ、その奥には暖炉式ストーブが存在感を放っている。どこか懐《なつ》かしさを覚える雰囲気で、子どもの頃にタイムスリップしたような気持ちになる。

そのままゲストルームに案内されると、パリッとしたシーツが敷かれた木製のベッドが一台置かれていた。

「僕は自分の部屋があるから。アキちゃんは今日、この部屋を使って」

ササポンから部屋の鍵《かぎ》を渡される。私が礼を言うと、

「ちょっと裏庭まで出てくるから、適当にくつろいでてよ」

と言い残し、彼は出て行ってしまった。

取り残された空間の中、私は静かに深呼吸をする。会社を辞《や》めてから今日まで、本当に色々なことがあったな。どうして前に進みたいと思うと、こうして傷つくのだろう。またしても、浩介の笑った顔がフラッシュバックする。

「あのときに私に向けられた笑顔は、真実の姿だったのだろうか？」

そう考え出すと少し頭が痛くなり、ベッドに横になりまぶたに強く力を入れて目を閉じた。

うたた寝から目覚め、あてがわれた部屋を出てリビングに足を踏み入れると、夕日が差し込んできていた。軽井沢の秋の光は、部屋中を寂《さび》しく照らし、静かなひとときをもたらす。

ちょうどそのとき、玄関の扉が開いた。

農作業姿のササポンが、小カブを片手にやってくる。

「今日は小カブとチンゲン菜と、サンチュ。あとブロッコリーも採《と》れた」

顔に泥を付けたまま、彼は満足げに採れたて野菜を食卓へ置く。私が呆気《あっけ》にとられていると、

「たまにはこうして東京から離れて息抜きしないと、やってられないよな」

ポツリと言って、キッチンシンクで野菜を洗い始めた。そして、丁寧《ていねい》に洗った小カブを私に差し出す。

「ちょっと食べてみて。皮のまんまで平気だから」

おそるおそる一口かじってみると、淡い甘みが口の中へじんわりと広がった。

「甘い……」

私が驚いていると、

「ここに来て、自分で育てた野菜を食べると、大抵のことはどうでもよくなる」

と、ササポンは言う。続けて、

「落ち込んだときは、美味しい物を食べて、寝るに限る。そうすると、越えられない壁なんてないと僕は思える」

聞こえるか聞こえないか、その瀬戸際《せとぎわ》の小さな声で言うと、リビングから出ていくササポン。私は今しがた自分に向けられたその言葉の意味を考え、胸が詰《つ》まってしまった。

彼は、私がなぜ落ち込んでいるのか、事情はまったく知らないはずである。しかし、なぜそのような言葉を投げかけてくれたのか。小カブを片手に立つ私の頰《ほお》を、涙がつたって落ちる。

ずっと、仕事も恋愛も必死で頑張ってきたつもりだった。なのに、どうして頑張ろうとすると、いつも傷つくことばかり起こるのだろう。ただ、幸せになりたいだけなのに。私はいつも言い訳を並べ、他人に甘え、理想の自分とかけ離れていってしまう。

そんなことを考えていると、部屋着に着替えたササポンがリビングに戻ってきた。急いで涙を拭《ぬぐ》ったけれど、彼には見られていたようだ。

「なんか、すいません。いつも泣いてばかりで。微妙な年頃なんすよ。てへへ」

おどけてみせながら謝罪すると、ササポンは、

「今は、アキちゃんにとって、人生の休憩期間だな」

と言って、中央のピアノの前に置かれた椅子《いす》へ座る。そして、

「あんまり上手《うま》くないけど」

と言いながら、ショパンの『別れの曲』を弾《ひ》き始めた。

その瞬間、私は、ふと思い出す。

浩介と手を繋いだこと、笑い合ったこと。今はまだ、そのすべてが平等にしんどい。神様は手抜かりなく、私を究極までボコボコに叩《たた》き潰《つぶ》していく。今は「心機一転頑張ろう」とか「絶対に見返したい」とか、そういうことが考えられない。やられてもすぐに奮起して立ち上がる行為は、強い者だけに許された特権である。

今の私は仕事もないし、彼氏もいないし、普通の人生からハミ出てしまっている。

でも、せめて今日だけは。

私は、ササポンが弾くこの曲を聴きながら、過去を優しく慈《いつく》しみたい。浩介と出会ったことに、感謝と喜びを嚙《か》み締めたい。もう二度と会うことはないだろう。いや、会ってはならない。

明日からも、浩介の時間軸とは別のところで生きていかなければならない。

はぁ、しんどいな。とてもしんどい。

何よりも生きていくことが面倒くさい。

でも、私は、もう少しだけ頑張ってみたいと思う。

そして、あなたがいなくても元気に生きていけるということを証明したい。

第八話　アイドル生命が終わる

軽井沢から帰ってからも、人生は続く。

それは、月曜日の朝だった。

ササポンは、今朝もせっせと出社の準備をしている。

大きなゴミ袋を抱えながら。

彼は週に二度、出社前に我が家の「燃えるゴミ」を捨ててくれる。そのぶん私は、毎夕できるだけマメに風呂を沸《わ》かすようにしている。相変わらず互いの食生活や掃除には干渉しないようにしているが、時々こうして気まぐれな親切心を出し合うことで、私たちの生活は上手《うま》く機能していた。

私も、今日はバイトへ行こう。何せ毎週月曜は、梱包《こんぽう》作業がとりわけ忙しい日である。土日にお客さんからオーダーされた商品の発送分が、たんまりと溜《た》まっているのだ。そろそろバイトに復帰しなければ、ヒカリや景子たちに迷惑がかかってしまう。

休日気分から頭を切り替え、私はササポンより五分ほど遅れて八時ちょうどに家を出た。自宅近くの停留所からバスに乗り、まずは渋谷駅を目指す。

駅に到着すると、井の頭線に乗るため改札を抜けた。

いつもの出勤時間、いつもの出勤ルート。

そのはずであった。


ホームを歩いていると、後ろから誰かが私の名前を呼んでいることに気づく。

「大木さ～ん！」

聞き慣れた声に、一抹《いちまつ》の不安を抱《いだ》きながら振り返る。

そこには顔馴染《かおなじ》みの、ライター業界の先輩がいた。

彼女の名は、阿部純子《あべじゅんこ》。四十八歳。

私は心の中で、彼女のことを勝手に「アベジュン」と呼んでいる。

彼女は、これまで数多くのメディアで記者として研鑽《けんさん》を積み、業界内を渡り歩いてきた強烈な人物だ。今はフリーランスの記者兼編集者として、複数の媒体と契約している。

明るいヘアカラーに、軽《かろ》やかなブルージャケットを着こなす彼女は、五十目前には見えない若々しさがある。爪《つめ》には常々、凝《こ》ったネイルを施《ほどこ》し、長い髪を器用に結んでいるのも特徴的だ。

私が会社を辞《や》めた二〇一八年の春頃から、ことさら彼女は私のことを気にかけてくれるようになっていた。

だが、正直なところ、私は彼女のことが苦手だ。

彼女は私と話すとき、必ずどこかで妙なマウントをとろうとしてくる。たとえば、こういう具合に。

数カ月前、大手企業が主催するライター交流会に参加したときのことである。

当時、その企業が運営する媒体で連載を持ちたいと狙《ねら》っていた私は、会合に参加した。

フォーマルな格好をして、ある程度のメイクをして会場に向かう。

だが、到着すると知り合いの姿がほとんど見当たらない。若干の心細さを感じながら、ケータリングのサラダを皿に盛り付けて食べようとしたときだった。

ほかの参加者と雑談をしているアベジュンと、目が合った。彼女は嬉《うれ》しそうに私に駆け寄ると、

「やっだ～！　お洒落《しやれ》しちゃって～！」

と大きな声を出し、私の存在を他者に〝無駄にアピール〟した。

彼女の鼻の穴がわずかに膨《ふく》らみ、コンマ五秒で私の全身のファッションチェックを済ませる。さしずめ、「自分のテリトリーへようこそ」といったところなのだろう。

ニッコリ笑ったアベジュンは、私の耳元でこう囁《ささや》く。

「今日はこの会場で、アタシが結婚相手を見つけてあげる♪」

危うく私は、サラダをのせた皿を落としそうになる。

マジでいらねぇ、そのお節介《せっかい》。

私は、あくまで仕事の幅を広げるためにこの場に来ている。

しかし、彼女は何か勘違いをしているようだ。

こちらに断る暇《いとま》を与えず、手当たり次第、独身とおぼしき男性ライターを私の元へと送り込んでくる。急ごしらえのお見合いに放り込まれた男性たちも、戸惑《とまど》いの表情を隠せない。

しかたなく私はその場の雰囲気を壊さぬよう、そつのない会話をすることに集中する。何とか乗り切ったものの、一気に体力を消耗《しょうもう》してしまい、早めに切り上げて帰ることにした。

当然、仕事の収穫はゼロ。ピエロのような笑顔を貼り付けて名刺を配り、心と身体《からだ》がバラバラになる感覚に陥《おちい》る。

そんな苦い経験が幾度かあり、私は彼女と距離を置くようになっていた。

バイトの前とは、またいやなタイミングで遭遇してしまったものだ。すっぴん&ジャージという私の格好を、彼女は今日も採点するように眺《なが》めている。

そして今日もマウンティングお節介全開で、

「どこ行くの？　打ち合わせ？　取材？」

と聞いてくる。

「仕事です。おかげさまで忙しくて」

そう言い返してやりたい気もするが、嘘《うそ》をつくことすら億劫《おっくう》である。

「バイトです。ライター業がない日は、通販会社で梱包のバイトをしていて」

私は、素直に白状することにした。

するとアベジュンは、そう聞くやいなや、芝居がかった顔をして驚いてみせる。

「え〜！　元アイドルが、まさかのバイト生活」

「いや、そのバイト、結構やり甲斐《がい》があって楽しいんです」

「でも、今後はどうするの？」

「先のことはわかりません。でも今は、自分のペースでゆっくり生活を整えたくて……」

もはや彼女は私の返答など、聞いていない。私の説明をへし折るように続ける。

「また会社に入ろうとか思わないわけ？」

「考えてないです」

「じゃあ、フリーランス！　アタシと同業者ね。ちゃんとご飯は食べられてる？」

「今はいくつか連載持たせてもらって、ギリですね。足りない分はバイトで賄《まかな》ってます」

「お家賃とかは、どうしてるわけ？」

人の懐《ふところ》事情にズカズカと踏み込んでくるのも、彼女の特徴だ。

「今は、男友だちと一緒に住んでいます」

「ふうん。男友だち」

彼女の目が光る。

「最近の子って、彼氏でもない男と一緒に住んじゃうのかぁ。なんだか今っぽいわね」

「まぁ、ルームシェアみたいなものです」

「アタシは主人以外の男と一緒に住むのは、ちょっと考えられない……」

「私は楽しくやってますけど」

その返事にイラッとしたのか、彼女は一瞬、片方の眉を吊り上げる。しかし、なおも気遣う風に言う。

「ねぇ、もしも気分を悪くさせちゃったらごめんなさい」

「はい？」

「アキちゃん、来年三十よね。普通に働く同年代の女の子と比べて、ちょっと三十代を迎える準備ができていないんじゃないかなぁ？」

「はい？」

「皆、それなりのトコにお勤めして、上司から嫌味言われても我慢してやってるわけじゃない？」

私が黙っていると、彼女は偽善に満ちた表情でマウンティングの仕上げに入る。

「アタシは、三十のときには結婚もしてライターとしても食えるようになってたから……。アキちゃんは、これから何がしたいのかなぁって思って」

そして、彼女はたっぷりの笑《え》みを浮かべ、とどめを刺す。

「まぁ、困ったらいつでも連絡してきてね♪　その同居人の男とセックスしちゃダメよ」

そう言うと、まつ毛エクステをバサバサと揺らしてその場を立ち去った。

カツ、カツ、カツ。

彼女が履《は》くハイヒールが、コンクリートを打ちつける。

その、優越感に満ちた音を聞きながら、私は唖然《あぜん》と立ち尽くした。

彼女のエゴイズムとナルシシズムを満たせられるくらいには、私はまだ、若いのだろうか。

その日の夕方、バイトから帰る途中、私は姉に電話を掛けた。

八歳上の姉は、〝ササポンハウス〟の元住居人である。二十代前半の頃、上京して会社員として働いた姉は、ネットの〝ルームメイト募集〟の掲示板を見てササポンの家にしばらく住むことになった。今は家庭を持ち、夫と共に幼い子どもを二人育てている。

私が時折、電話で人生相談をすると、的確なアドバイスをくれる存在だ。本日の電話の議題は無論、私がアベジュンから受けた仕打ちについてだ。

「もしもし。ちょっと聞いてほしい話がある」

「何」

「仕事の先輩に、『アナタは三十代を迎える準備ができてない』って言われた」

「ほう」

「三十代を迎える準備って何よ？」

「その人、オトコ？　オンナ？」

「オンナ」

「いくつ？」

「四十八」

「なんかわかる。そういうこと、言いたくなるんだよね。自分より年下の子に」

「そうなの？」

「自分が絶対に優位に立てる子に、意地悪を言いたくなっちゃうっていうかさ」

「一応、若い子認定してもらえてるのかよ。しかも『困ったら連絡してきてね♪』って、最後に善人ぶってきやがった」

「口では嫌味を言ったとしても、本当のところは若い子に嫌われたくはないわけよ。だから、最後にフォローを入れる的な。そういう思考回路だと思う、それ」

「なにそれ。私、単に餌食《えじき》になっただけじゃん」

「うん。でもアンタも言われて傷つくってことは、どっかでその人の言ってることが図星《ずぼし》なんだよ」

姉から手厳しい指摘を受けて、私は何も言えなくなる。

そういえば私は、「未婚・彼氏なし・仕事なし」というステータス。アベジュンの言葉を借りるならば、本当に「三十代を迎える準備ができていない」のか。

だが、かく言う姉も、二十代の終わりから三十代前半にかけて、私と同じように仕事や恋に悩んでいたはずだ。彼女の人生が落ち着いたのは結果論であり、緻密《ちみつ》な戦略があってのことではないことを私は知っている。自分が結婚・出産という「人生ゲーム」でゴールを迎えたからといって、突き放さないでほしい。そんな思いを抱いていると、姉が言う。

「悩んでいる暇《ひま》があったら何か書きな。ボーッとしてたら、あっという間に人生は終わる。私は、アンタが書く文章が好きだよ」

何も言い返せなくなった。

姉はいつも、最後に少しだけ優しい。

電話を切る寸前、彼女の幼い子どもが電話口で泣く声が聞こえた。

その瞬間、モヤッとする。

私は今、全人類に問いたい。

「アナタは、今日まで人生設計を立てて、その通り生きてきましたか？」


以来、私はどのようにして食べていくべきか悩む時期に突入した。近頃は日々、ササポンと淡々と暮らしていくことに居心地《いごこち》の良さを感じ始めている。しかし今の暮らしが、五年、一〇年と続くわけではない。日常生活を普通に送り、バイトに行き、時々ライターとして稼働し、夜には自宅に戻って自炊《じすい》を行なう。他愛《たわい》もない生活を営むことが苦ではない。だが、「本当に書きたいテーマ」については摑《つか》めずに迷った。

私は一体、何者になれるのだろう。

何が得意で、何が不得意なのか。

何をすれば人に認めてもらえるのか。

二十五歳のとき、アイドルから会社員になった。そのときも大きな決断ではあったが、当時はようやく「人並みの生活」が送れると思った。

しかし、そこで一度、精神は潰《つぶ》れてしまう。そして今度は、フリーランスとして人生の選択を迫られている気がする。

私は、自分の進路について、今一度真剣に考えなければいけない。

三十目前で人生が振り出しに戻ったような感覚は、ハッキリ言って惨《みじ》めだった。

思い詰《つ》める日々のなかで、唯一の心の拠《よ》り所はブログだった。無料のプラットフォームにアカウントを作り、私は〝アラサー女子〟としての素直な気持ちを書き綴《つづ》る。このモヤモヤを吐《は》き出さずには、いられなかったからだ。

すると不思議なことに、少しずつ同世代の読者がつき始めた。数にして、六〇〇人ほどである。立ち上げて二週間のブログに、それだけの人が興味を持ってくれたことに興奮する。

時には Twitter 上で、ブログの読者が私の記事をシェアしてくれて〝プチバズ〟を起こすこともあった。その瞬間だけは、自分の存在を誰かに認めてもらえたような快感が得られる。

少しずつ私は、自分の感情を書き綴ることに、やり甲斐を感じるようになった。

ある日、とあるウェブメディアの編集長から、Twitter のＤＭを使ってエッセイ執筆依頼が届いた。たまたま私のブログを見つけたという彼は、文章を読んで興味を持ってくれたという。

「弊社媒体で、迷える二十代から三十代読者が共感できるようなエッセイを書いていただけませんか？」

依頼内容は、そのようなものだった。趣味で書いていたブログから派生し、仕事の打診が貰《もら》えたのだ。そのことがまずはありがたくて、シンプルに嬉しかった。

私はこのチャンスを無駄にするまいと、迷わず引き受けることにする。書くネタも、そのときばかりはすぐに決めた。

タイトルは、「29歳、人生に詰んだ元アイドルは、赤の他人のおっさんと住む選択をした」である。

会社員時代の、荒《すさ》んだ暮らしぶりについて。ストレスから歩行困難に陥り、心療内科の門をくぐったあの日のことについて。貯金が尽き、五十六歳の赤の他人のおっさんと暮らすことを決めた日について。

こうした一連の流れを、無心で書き綴る。

魂《たましい》を削るような気持ちで書き始め、終盤はトランス状態で書き上げた。

そのまま熱気が冷めないうちに先方へ初稿を送ると、GOサインが出た。編集長からは、

「内容、衝撃的でした」

という一文も添えられていた。

この原稿を世に送り出すことで、読者からは多少「ヤバい女」だと思われるに違いない。アイドル時代から残ってくれている数少ない男性ファンにも、ドン引きされるだろう。

しかし、今の私には、失うものが何もない。

その夜、仕事から帰ってきたササポンに、私は記事のことを伝える。

「ササポンとの暮らしについてエッセイに書きたいんですけど……。この原稿、ウェブの媒体に載せても大丈夫でしょうか？」

プリントアウトした原稿を彼に手渡す。彼はサッと目を通すと、

「別にいいよ」

と言う。あまりにも返事が早いため、私は不安になり念押しをする。

「え、ホントに載せても大丈夫ですか？」

するると、彼はいつもの淡々とした調子で、

「別にいいよ。『おっさんとの同居物語』っていうより、ひとりの女の子が他者によって再生されていく話だね」

と言って、自室に引き上げていった。

私は、ササポンが「女の子の再生物語」と形容したことに驚きを隠せなかった。私との生活を、彼は実際にそう感じながら見守ってくれていたのだろうか。兎《と》にも角《かく》にも、拍《ひょう》子《し》抜けするほどあっさりと掲載許可はとれたのである。

二〇一八年十二月十七日、朝。

エッセイが掲載されると、直後から異常な事態が巻き起こった。

その日、私は朝からバイトに励《はげ》んでおり、昼休憩の直前にスマホでTwitterを開いた。

すると、何やら日本のトレンドワードの中に、

「#元アイドル」

「#赤の他人のおっさん」

「#ササポン」

というエッセイのタイトルから抜かれたワードが躍《おど》っているのが、目に飛び込んでき

た。

さらにタイムラインには、おびただしい数のコメントが殺到している。その瞬間、状況を理解した。

私のエッセイがバズったのだ。

しばらくTwitter の様子を見ていると、彼をゆるキャラにたとえ、

「ササポン、量産化希望♪」

といったリツイートや、

「おとぎ話のような生活だな」

というリツイートなど、あらゆる意見が飛び交っている。

もちろん中には、

「良いおじさんの皮を被《かぶ》った、オオカミのような悪いオッサンに決まっている」

「頭おかしい。こんな生活」

という否定派の意見も見受けられた。

いずれにしてもさまざまな意見が活発に飛び交い、記事の拡散は止まらない。

当初は、ぼんやりとした実感しか湧《わ》かなかった。だが、ＤＭで「取材させてほしい」という依頼がマスコミから殺到すると、私は次第に困惑し始めた。

一体、自分の身に何が起こったのだろうか。

その日の夕方、バイトから帰る途中、私は下北沢《しもきたざわ》のスタバに寄った。ササポンにプレゼントするために、コーヒーの粉とクッキーを買う。毎朝コーヒーを飲むことが日課の彼に、記事ヒットのお礼がしたかった。

しかし、その晩は珍しくササポンの帰宅が遅く、私たちが二階リビングで顔を合わせることはなかった。私はスタバで買ったお礼の品を、「よかったら召し上がって下さい」というメモ書きと一緒に食卓に残して就寝した。

翌朝六時。

興奮のあまり眠りの浅かった私は、普段より一時間ほど早く起きてリビングに向かう。食卓には、「有り難くいただきます」というササポンからの返事が書かれた紙が置かれていた。

ほどなくして、三階から薄いガウンを羽織ったササポンが下りて来た。私は消え入るような声で、

「おはようございます」

と挨拶《あいさつ》をする。

彼も眠たそうな目をこすり、片手を上げながら挨拶を返してくる。低血圧の私たちは、テンションの低いまま朝の挨拶をするのが日課だ。

彼はモーニングコーヒーを淹《い》れるためキッチンに向かい、私は食卓の椅子《いす》に座りスマホを開く。信じられないことに、昨日だけで私のTwitterのフォロワーは五〇〇〇人以上増えていた。勢いが止まらないことに恐怖を感じながら、私はササポンに事態を報告する。

「あの……、驚かないで聞いてほしいんですけど……。昨日からネット上で、ササポンが結構有名なおじさんになっているかもしれないです」

しかし、彼は動じず、今朝も発芽米《はつがまい》風の寝癖をつけたままコーヒーを淹れながら言う。

「あぁ。さっきTwitterを覗《のぞ》いてみたけど、肯定的な意見が多くてよかったね」

「え！　ササポン、Twitter見られるんですか？」

私が聞き返すと、彼はきょとんとした表情で、

「うん。よくわからなくて見る専門だけど、アカウントは一応持ってる」

と、さらりと新情報を告げる。私は驚きながら、

「はぁ、ロム専……。ササポンにもマスコミから取材依頼がきてますけど、どうします？」

と彼に打診する。すると、彼は顔色ひとつ変えず、

「それは遠慮したいね。別に、取材してもらえるような立派な人間じゃないし」

と即座に返し、飲み終えたコーヒーカップを洗ったあとに一階洗面所に下りる。

その後着替えを済ませると、ササポンはいつもと同じように燃えるゴミをまとめ、いつもと同じように七時五十五分に家を出た。

残された私は、この奇妙な〝ササポンフィーバー〟に戸惑う自分を持て余す。

しかし、こんな日もバイトは待ってくれず、私も急いで八時過ぎには家を出た。

第九話　さよなら、ササポン

季節は十二月を迎えている。

あと一週間もすればクリスマスだ。

夕方六時にバイトを終え寒空の下へ出ると、冷たく澄んだ空気が街を覆《おお》っていた。

見知らぬカップルは手を繋《つな》ぎ喫茶店へ入っていき、若い夫婦は子どもを抱えて私の眼前を過ぎてゆく。

以前ならば直視することができなかった、見知らぬ人々の幸せそうな光景。だが今は、多少なりとも「自分は自分、人は人」と思えるようになってきた。

こうしてわずかに前向きになれたのも、ササポンのおかげかもしれない。他人と比べず今を楽しみながら生きるしか、自分の幸せを実感する方法はない。この考え方こそ、彼との暮らしの中で私が教わった「人生の教訓」のような気がしている。

将来に不安がないと言えば嘘《うそ》になるが、今はこの奇妙な暮らしを楽しみたい。心の中で、そんな思いが強く芽生《めば》え始めていた。

だが、その目論見《もくろみ》は、その夜アッサリと崩《くず》れ去ることになった。

「遅くともあと二年ちょっと経《た》ったら、出て行ってもらうことになるから」

夕食時、干物《ひもの》を焼いて食べていた私に、ササポンがさりげなく言った。

「え？　私が、この家を、ですか？」

「うん。その頃、僕は定年を迎えるから、軽井沢の家に完全移住するつもり」

彼によると、軽井沢の別荘は単なるセカンドハウスとして建てたわけではないらしい。今の会社を退職したあと、〝終《つい》の住処《すみか》〟として利用するつもりなのだという。今は別荘として利用していても、定年後は生活の拠点にするため、街に近い場所を選んだそうだ。毎週末ひとりで別荘に向かうのも、本格的に住むための予行練習なのだと彼は言う。さらに、その頃までにはこの家は、売りに出すつもりだということも告げられた。

「まあ、それだけは頭に入れておいて」

いつも通り淡々とそう口にした彼は、「明日はゴミ出しの日だから捨てるものがあれば出しておいて」と付け加える。

私はこの暮らしの終了宣言を突然突きつけられて動揺するが、平静を装って、

「わかりました。それまでに独《ひと》り立ちできるように頑張ります」

と返事をした。

その声は少し上ずってしまったと思うが、ササポンは気がついていない。

夕食後、私は彼よりも先に風呂に入らせてもらうことにした。いつものように、タオルと寝間着を一階の自室に取りに行く。そして、脱衣所の戸にかかる木製のプレートを「未使用」から「使用中」にひっくり返して風呂に入る。入浴中であることがひと目でわかるように、我が家ではこうしたプレートを活用している。

暮らしのなかで習慣化したこうした工夫も、今日だけは少し寂《さび》しく感じる。


その週末も、ササポンはひとり早朝から軽井沢に向かった。起き抜けに、「留守を頼みます」という彼からの置き手紙を食卓の上に見つける。

私はキッチンでコーヒーを淹《い》れながら、昨夜のことについて考えた。この家を出ていかなければならないリミットが、正式に決定した。

あと二年とちょっと。

私が三十二歳を迎える頃だ。年頃のオンナが再び一人暮らしを再開したとして、はたして恋愛や仕事は上手《うま》くいくだろうか。旅立ちのときのことを考えると、正直、少し憂鬱《ゆううつ》になる。

一方で、今の暮らしは「あと二年が限界だよな」とも思う。今までが、そもそも奇跡の連続だった。こんなにも人の良い「おっさん」と一緒に暮らすことができて、私は幸せだった。

それに、まだ二年あるのだ。その間に彼氏ができるかもしれない。結婚相手がすんなりと見つかる可能性だってある。自分にとって都合のいい展開を思い浮かべながら、私は答えを探してソファに横たわる。

すると、身体《からだ》の感覚がいつもと違うことに気がついた。

何やら脳がグラグラし、額《ひたい》を触ると焼けるように熱い。腋《わき》の下を触ると、不自然な熱が手のひらに残る。すぐさま体温計を取り出して測ると、三十八度を指していた。やむなく私は市販の風邪《かぜ》薬を飲み、今日は一日、寝ていることに決める。

寝ていれば、そのうち治るだろう。その判断が間違っていたことに気がついたのは、数時間後のことだった。

その夜、九時頃になっても症状が治まる気配はなかった。悪寒は酷《ひど》くなり、何も考えられないほど頭が割れるように痛い。時期的に考えればインフルエンザの症状にも思えるが、あいにく予防接種は受けている。

原因不明の体調不良に戸惑《とまど》いながら、私はそのまま横になり続けた。

深夜二時。

一階にある自室のベッドから、二階のキッチンへ水を飲みに行こうと立ち上がったときのことだった。身体《からだ》が熱く火照《ほて》り、もはや私は平衡《へいこう》感覚が保てなくなっていた。普段は軽々と上る階段も、グルグルと目が回ってしまい上ることができない。

意識が朦朧《もうろう》とするなか、これはいよいよヤバいかもしれないなとぼんやり考える。二階に上がることを断念し、ベッドで対策を練る。再び体温を測ると、今度は四十二度を指していた。

嫌な汗が身体中から噴《ふ》き出し、悪寒は過去最高レベルになっていた。喉《のど》にも違和感を覚え、触ると明らかに腫《は》れている。

私は救急車を呼ぶことにした。だが、この深夜にサイレンを鳴らして家まで来られても、とも考えてしまう。そこで、スマホで一一九番に電話し症状を説明してから、こう頼んだ。

「ピーポーピーポーっていうサイレンは、ご近所迷惑なので鳴らさないで下さい」

すると電話の向こうのオペレーターは、慣れた口調で淡々と告げる。

「すみませんが、決まりですからサイレンは鳴らします」

「ですよね」

私は、もはや他人事《ひとごと》のような気持ちになりながら電話を切った。そのあいだも、どんどん呼吸は苦しくなる。

体温を測定すると、今度は四十二・五度であった。

「人間は体温が四十三度まで上がると、数分間で危険な状態に陥《おちい》るらしい」

そんなことをいつか私に教えてくれたのは、浩介だったっけ。

あぁ、今、猛烈に浩介に会いたい。

この期《ご》に及んで煩悩《ぼんのう》を断てない自分にもほとほと嫌気が差す。まもなく私は、精神も体調も限界を迎えていることを身体全体で察知した。

数分後、けたたましいサイレンを鳴り響かせながら救急車が到着した。

ミニバッグに財布と鍵《かぎ》とスマホ、それから医者が男性だったときのためにメイクポーチを仕込み私は外に出る。生死をさまよう状況にありながら、見た目を気にする自分が頼もしくもあり、情けなくもあった。

到着した救急車に、勇ましく乗り込む。担架に寝かされた瞬間に意識が薄れるが、私は最後の気力を振り絞《しぼ》り、救急隊員に氏名と状況を伝えた。

次の記憶は、近隣の病院に搬送されてからのものだ。呼び起こされた私は救急隊員から、今晩は混雑していて診察まで時間がかかる旨《むね》を告げられた。この状況ではどうしようもないのでしかたなくうなずく。

救急車から降ろされたが、身体を横にするスペースもないとのことで、車椅子《くるまいす》に座って待つことになった。しばらくすると順番が回ってきて、診察室に運ばれた。私を診察してくれたのは女性の医師だった。

問診を受けるが、原因をすぐに突き止めるのは困難だと説明される。インフルエンザ検査を受けると、結果は陰性だった。

「発症してすぐだと陰性となる場合があります。恐らくインフルエンザでしょう。また改めて病院を受診して、再検査を受けてください。そうすれば薬も出せますので」

その後、熱を下げる点滴を打つためベッドで横になった。

私の腕に点滴の針を刺してくれたのは、五十代半《なか》ばとおぼしき女性看護師だ。柔らかな微笑《ほほえ》みをこちらに向け落ち着かせてくれる彼女を見て、私は母を思い出す。

「今から迎えに来てくれそうな人、ご主人や恋人、ご家族や同居されている方はいる?」

彼女は、そっと私に質問をしてきた。近県に暮らす母や姉家族を、この時間に呼ぶことはできない。皆、就寝しているに違いない。

夫……。夫はいない。

恋人……。恋人もいない。

同居人……。ササポン。あの人は今、軽井沢だ。

最後の砦《とりで》である友だちだって、さすがにこの時間に呼び立てるのは憚《はばか》られる。

その瞬間、私は世界で一人ぼっちになった気がして、うっかりと涙が出た。いざというとき、頼れる人が一人もいないのかと思うと、感傷的な気分になる。

「誰もいません」

正直にそう告げると、彼女は優しい表情で続けた。

「このベッドね、しばらく使ってもらって構わないんだけれど、点滴を終えてしばらく休んだら、今日のところは帰ってもらわなきゃいけないの」

そうか。私がこのまま入院させてもらえる余裕は、今晩この病院にはないのだ。

私はこっくりと枕の上で頷《うなず》き、

「体調が少しよくなってきたので、点滴が終わったらタクシー呼んで帰ります」

と返答するのが精一杯だった。

看護師が去ったあと、私は病院の天井を見上げ、声を嚙《か》み殺して泣いた。

そんなときも、隣のベッドには救急搬送された謎《なぞ》のおじさんがやってくる。

「イタァァァアイ、イタァァァアイ、イタァァァアイ」

一定のリズムで静かに「痛い」と呻《うめ》き続けるおじさんの声は、天井に反響し、こだましている。

まるで、シュールなホラーだ。

初めは困惑したが、しばらくすると私はその声が子守唄に感じられるようになった。状況を前向きに捉《とら》えようとする心の声と、おじさんの呻き声が、私の脳内にあるDJブースでMIXされる。

「救急車を呼んで対処できたことが偉いよ、自分」

「イタァァァイ」

「最悪な結果にならなくてよかったじゃん、自分」

「イタァァァァイ」

「朝日が昇れば感傷的な気分も消えるよ、自分」

「イタァァァァァイ」

孤独にさいなまれた思考が暴れまわる深夜の病院は、まるでジャングルだった。

三〇分ほどが経過しただろうか。急に元気がみなぎり、意識もハッキリしてきた。私は看護師に礼を言い、点滴の針を抜いてもらう。数日後に改めてインフルエンザの検査をしてもらうことになった。お世話になった看護師は、

「今は体調が戻ったように感じられると思うけれど、しばらくは熱が上がったり下がったりすると思うから、絶対に油断しないでね」

と私を優しく諭《さと》す。

その表情は、やはりどこか母に似ていた。私は彼女が発する〝お母さん臭〟を嗅《か》ぎ取り、急に母が恋しくなった。

受付でタクシーを呼んでもらって乗り込むと、私は静かに彼女に手を振る。時刻は、朝の六時を迎えていた。

点滴のおかげで体調が戻ると、急にお腹がすいてきた。自宅近くのマクドナルドで降車し、ソーセージマフィンとコーヒーをテイクアウトする。

歩いて自宅に戻り、コーヒーを飲みながら、私は考えた。昨晩のように、もしもまた突発的に体調が悪くなったらどうしよう。ササポンとの生活が終わったら、今回のようにひとりで対処しなければならない。そう考えると、一層、来《きた》るべき一人暮らしに備えて、私は強くならなければいけないと思う。

突然の体調不良は、「自立せよ」という神様のお告げだったのかもしれない。

一息ついてから、発熱による汗のせいで湿り気を帯びていた下着や服を着替える。

ササポンのいない家はがらんどうのように感じられて、私にはもったいないほど広く感じた。

翌朝。

軽井沢から帰ってきたササポンが玄関を開ける音がした。インフルエンザの可能性が高いので、私は一階の自室に閉じこもっているしかない。

再受診するように言われていたが、病院へは行かずバイトは休み、家でじっとしていることにした。食事はウーバーイーツで注文した弁当で済ませる。幸いトイレや洗面所は、私の排泄《はいせつ》、歯磨き、洗顔、それらすべてを自室周辺で行なう。

部屋と同じ一階にあった。

二階リビングからは、ササポンの歩く足音だけが時々聞こえる。出社前のササポンから一通のメールが届いた。

「アキちゃん。ちゃんとご飯、食べていますか？　ササ」

私は手短に、状況報告をする。

「ご心配おかけしてすみません。インフルの可能性が高いんですけど、検査は陰性で、今もまだ高熱が続いちゃってるので、部屋に籠《こ》もってます。ご飯はウーバーを利用していますので、ご心配なく」

すると、すぐ返信があった。

「必要なものがあれば、買ってきます。ササ」

本当にありがたいことである。しかし私は来るべき〝一人暮らし〟に向け、もう甘えるべきではないと判断した。

「ありがとうございます。とくに困っていることはありませんので大丈夫です」

そう返信をして、再び眠りに落ちる。数時間後、目を覚ますと夜七時を回っていた。

寝すぎて身体の節々が痛むが、今回ばかりは横になって寝ているしか打つ手がない。トイレに行くため部屋の扉を開けた瞬間、足の指先が何かに触れた。

それは、たっぷりと中身の詰《つ》まったコンビニ袋だった。冷却シート、スポーツドリンク、それにいくつかチョコレートと、おにぎり三個が入っている。さらに袋の横には、皿に盛られた山芋《やまいも》の浅漬《あさづけ》がラップで包んで置かれていた。

神様ならぬ、ササポン様からのお恵みであった。急いでトイレを済ませると、部屋に袋とお皿を持ち込み、私はありがたくスポーツドリンクを飲み干す。脱水症状で水分が失われた身体に、優しく塩分が沁《し》み渡る。まさに恍惚《こうこつ》の境地だ。

ササポンが切ってくれたであろう山芋の浅漬も食べる。普段の三倍は美味《おい》しく感じられた。

結局、ササポンのお世話になってしまった。甘えすぎてはいけない。そんな気持ちもよぎる。だが、その決心とは裏腹に、私は一心不乱に貪《むさぼ》り食う。もはや、生命維持のための本能が働いていた。
食べているうちに、なんだか私は、泣けてきてしまった。

第十話　前奏曲《プレリュード》第一五番『雨だれ』

救急車で運ばれた日から三日間、熱は上がったり下がったりを繰り返し体調が優《すぐ》れなかった。だが、正直に言えば、心のどこかでホッとしている自分もいた。

まもなく、クリスマスがやってくる。

そのとき、どうせ私は一人ぼっちだ。友人たちは皆それぞれ、さりげなく華やかな生活をInstagramに投稿してくるに違いない。しかし、体調が悪いことを言い訳にできれば、私は彼女たちの生活を疎《うと》ましく思わずに済むだろう。

寝るしかない生活は、辛《つら》い。一方で、自室の薄いマットレスの上で横たわったままの生活は、しばし現実を忘れさせてもくれる。

熱が少し下がったのを見計らい、救急車で搬送された病院で担当してくれた女性医師のもとに向かう。改めて行なったインフルエンザ診断による結果も陰性で、血液検査にも異常はみられなかった。

「でも……」

彼女は付け加える。

「おそらくインフルエンザだと思います。いくら予防接種を受けていても、発症してしまうことは、よくあることなんですよ」

そう教えてくれる彼女を横目に、実のところ私は診断結果など、どうでもよかった。

「いつまで自宅待機すればよろしいでしょうか」

すかさず聞く。

どうか、「クリスマスが過ぎるまでは自宅待機が必要です」と言ってほしい。そう言ってくれさえすれば華やかな外の世界に出ず、自宅に引き籠《こ》もっていることにも言い訳ができる。

理由がほしい。

理由がほしい。

だが、カレンダーを見ながら彼女が指した日付は無情にも、ちょうどクリスマスの前日だった。

ちっ。

イブ当日までには、治ってしまうのかよ。

自宅待機中は、ウーバーイーツに頼ってばかりいた。アプリを使い注文すると、三〇分後には一人分の温かい弁当が玄関まで届く。現代社会が築き上げた、便利なサービスである。

コンビニで買う弁当より数百円ほど割高になるが、それはそれで致し方ない。注文後、アプリを起動し続けていると、自宅に到着した際も知らせてくれる。そのたびに私は、のっそりとマットレスから起き上がり、マスクをして玄関に向かう。

寝たきり生活によるボロ雑巾《ぞうきん》のような格好の私を見て、毎度、ウーバーのお兄さんたちはギョッとする。風呂にも入らないから髪はテカり、スッピンで着古したジャージに身を包みダルマのような丸々とした女が軒下《のきした》に現れるのだから、その反応も無理はない。

数日後の昼。

いつものようにウーバーに注文してマスク姿で弁当を受け取ったとき、ついでに私は、玄関前のポストの中から郵便物を取り出した。すると一通、差出人の欄《らん》に女性の名が記されたポストカードがあった。宛先を見ると、私ではなくササポンに届いたものだ。

鮮やかなツリーがプリントされたポストカードの裏面には、光輝くラミネート加工が施《ほどこ》されており、美しい文字でこう書かれていた。

「いつも幸せを願っています。健康には、くれぐれもお気をつけください」

〝字は人を表す〟とはよく言うが、おそらくこの女性は落ち着きがあり知的な女性だろう。そう予想できるほど、その一文字一文字には温かみと聡明《そうめい》さが宿っている気がした。

はたしてこの送り主は、ササポンにとってどのような関係性にある女性なのか。私はスイカの甘さとショパンの調べに包まれた夏の一夜を思い出す。

いつか彼が言っていた言葉を借りるならば、別れたカミさん――つまり、ササポンの元奥さんではないだろうか。

「別れて十五年以上が経《た》つ」という話を、以前に私は彼から聞いた記憶がある。ふたりがどのような理由で別れ、ササポンがこの家に残ったのか、詳しい理由は知らない。だが、別れてから今もこうしてクリスマスカードが届くのだから、あながち不仲になったというわけでもないのだろう。

このカードは、私からササポンに手渡してもいいものなのかと逡巡《しゅんじゅん》する。普段から我が家では、互いに郵便物を手渡すことがよくある。しかし今回ばかりは、あまりに彼のプライベートに踏み込んでしまうようで戸惑《とまど》う。

しばし立ち尽くしていると、ポロシャツ姿のササポンが帰ってきた。私は動揺を隠すように、

「あれ？　ササポン。今日お仕事は？」

と声をかけると、

「今日は日曜日だよ。ちょっと近所の喫茶店でランチしてきた」

と彼は言う。

そうか。

すっかり曜日感覚を喪失していたが、私が自室に籠もり続けているあいだに世間は十二月二十三日を迎えていたのだ。ササポンは、

「誰かから、何か届いてる？」

と革靴《かわぐつ》を脱ぎながら聞いてくる。

カードのことに触れるべきか一瞬悩んだが、ごく自然体を装い、彼に〝それ〟を手渡すことにした。

「電気料金の支払い通知と、近所の土地が売り出されたチラシ。あと、クリスマスカードが一通、ササポンに届いていました」

「クリスマスカード？」

彼はきょとんとした表情をしたあとで、「あぁ」と深く頷《うなず》いてみせた。早くも差出人に思い当たったのだろう。

カードを手渡すと、彼はその場で素早くカードに目を通す。その瞬間、眼鏡《めがね》の奥が、どこか寂《さび》しげに揺れたのを私は見逃さなかった。

そんなササポンに、

「綺麗《きれい》なクリスマスカードですね」

と言うと彼は、

「毎年送ってくれるんだよ。元気にしているならいいけど」

と優しげとも寂しげともつかない表情で言って、家に入ると二階リビングへと上がっていった。

ササポンを追うようにして、私も二階へと上がる。

「このたびはインフルエンザの件でご迷惑をおかけし、すみませんでした。隔離《かくり》期間は終了しました」

お詫《わ》びする私に、

「ちょっとは身体《からだ》、よくなったかい？」

と彼は聞いてくる。

胸中、私は快復《かいふく》していることを認めたいような認めたくないような、複雑な心境だった。快復を認めてしまえば、明日のイブ、私は何処《どこ》で誰と過ごせばいいのだろう。

ササポンは、日頃からひとりで過ごすことを愛し〝孤独への耐性〟があるから、そんなことは気にしないだろう。しかし、私にとっては〝二十代最後のクリスマス〟なのである。予定がないなんて、あまりにも寂しく辛い。

そんなことを考えていると、彼はさらに質問してきた。

「明日のご予定は？」

私は、彼に心を見透《みす》かされたような気持ちになり、思わず嘘《うそ》をつく。

「えっと、男友だちとお食事に行きます」

すると、彼はすぐさま、

「そう。よかったね」

と、返事をしてくる。

「はい……」

そのとき、私は初めてササポンに嘘をついた。

自分が見栄《みえ》を張るための、小さな嘘。

彼は何も気づいていないだろう。だが、私の心は勝手にざわついた。

男性と食事に行きまくり、合コンに行きまくり、心の安定を求めていた会社員時代の闇《やみ》が脳裏《のうり》をよぎる。最近になってようやく、「ありのままの自分」でいられると思っていたのに。

またしても私は虚勢を張り、振り出しに戻ってしまうのか。こんなに不安な気持ちにさせるイベントは、消えてなくなってほしい。

その夜。

私は、〝ノルマ飯〟時代に知り合った、食事に連れて行ってくれそうな独身男性に、連絡すべきか悩んでいた。こちらが甘えた声でお願いをすれば、ディナーに連れて行ってくれそうな男性は、二人アテがあった。

彼らはいずれも善人で、私からお誘いしたとしても〝男女の関係〟を強要してくることはなさそうな、さっぱりとした人たちである。しかし、いつ会っても薄っぺらい会話だけが耳に残るのだ。

何度デートを重ねても、愛が生まれない。強い絆《きずな》も互いへの信頼も、そこにはない。ただ、時間を潰《つぶ》すためだけに、お互いが求め合っているだけ。そんな関係の男性たちだ。

私は今、そんな〝善人〟の彼らを利用しようとしている。寂しいときだけ彼らに助けてもらい、孤独を埋めようとしているのだ。

ササポンと暮らし始める前までの私ならば、「それの何がイケないの?」と、疑問にすら思わなかっただろう。「可愛《かわい》い私」には、女性性を搾取《さくしゅ》されることになってもその権利があるし、幸福そうな姿を周囲に見せつける義務がある。これまでは、そう思っていた。

だが、今は違う。本当の私は、たったひとりの男性と心から繋《つな》がりたいと思っている。そんな運命の男性と、いつどこで出会えるかはわからない。しかし、少なくとも運命の相手とは——寂しさを埋めるために利用するような人たちではないということに、もう気がついていた。

迷った末に、私は自分から彼らを誘うことをやめた。同じくフリーのヒカリに、楽しそうなクラブイベントに誘ってもらったが、今年はそんな気分にはなれず断る。私は、この不安や孤独を受け入れてみようと決断した。

イブの朝は朝六時に起床すると、窓を開け、粒子の細かい冬の澄んだ空気を部屋いっぱいに取り込んだ。自宅待機中に大量の汗を吸収してしまったシーツや枕カバーを引っ剝《ぱ》がす。それらを洗濯機に放り込み洗濯すると、溜《た》まっていた弁当の空き箱を処分する。

あちこちに散乱していた使用済みのティッシュも、丸めてゴミ袋に入れる。カーペットにはコロコロローラーをかけ、床に落ちている髪の毛やホコリを取る。部屋の隅《すみ》に溜まっていたホコリも、固くしぼった雑巾《ぞうきん》でしっかりと拭《ふ》き上げた。

その途中、いつか地方撮影に行った際、浩介が道端の古い雑貨屋で私に買い与えてくれた、青いガラスの花瓶《かびん》が枕元に置いたままになっているのが目に入る。

私たちは、互いに指輪もネックレスも渡せない関係だった。だが、本音を言えば、私は彼から三〇〇円の指輪でもガラクタのネックレスでもいいから、ずっと「形ある愛情表現」がほしかった。その〝お守り〟さえあれば、たとえ浩介本体と愛し合えなくても、ずっと一緒にいられる気がしたから。けれども現実では、そんなことは言えなかった。

花瓶を買ってもらったときも、私は「変な花瓶だわ」と不満げに言い放ち、彼の前で喜ぶことができなかった。本当は、買ってもらって、凄《すご》く嬉《うれ》しかったのに。それから毎日、その青い花瓶を抱きながら眠ったというのに。

私は、その花瓶を捨てた。ゴミ袋の中に突っ込んで、叩《たた》きつけるように捨てた。花瓶はまたたく間に輝きを失い、ゆっくりとゴミの中に沈みゆく。さらに私は、袋の上からパラパラと塩をかけた。安い塩でもいいから、ふたりの思い出を浄《きよ》めるかの如《ごと》く、綺麗に清算したかった。

「この花瓶を捨てたら、もう彼との日々が存在したことを証明してくれるものは一切なくなってしまうよ。ふたりのあいだに残っている思い出の品は、他に何も残ってないんだから」

内なる声が聞こえてきて動揺するが、私は〝彼女〟に向かって毅然《きぜん》と言い返す。

「いいの。どうせ今夜も浩介を思い出して泣くだろうけど、それでも前に進みたいんだ」

すると、〝彼女〟はスッと押し黙った。

その後も、猛烈に掃除を続ける。途中、姿見を磨《みが》くための洗剤を切らしていることに気がつき、近所のドラッグストアまで買いに走った。

時刻は正午を迎えるなか、〝お掃除トランス〟状態に入っている私は小走りに店に向かう。視線を上げると、川沿いの道を歩く人々は皆一様に浮足《うきあし》立って見える。

クリスマスケーキを大切そうに抱えながら歩く、十九歳くらいの少女。

処女かな。

ケンタッキーフライドチキンのボックスを持ち、仲間同士で笑い合う三十二歳くらいの男性。

薬指に指輪をつけている。

親から玩具《おもちゃ》を買い与えられて嬉しそうな、九歳くらいの少女。

私にもそんな時代があった。

今日はイブなのだから、この人たちの振る舞いは然《しか》るべきテンションなのだろう。人生において何も不安がなさそうな表情を浮かべる彼らは、波のように進んでいく。

あぁ、私もその波の泡の一部になりたい。

いつか駅のホームで突然歩けなくなってしまったとき、心の奥底で聞こえたのと同じ声が、私の脳内で再び響く。

「周りが羨《うらや》ましくてしかたがないでしょう？」

その声に私は、ゆっくりと首を横に振る。もう誰かを羨んでいた頃には、決して戻りたくない。たったひとりでもこの世界に向き合い、楽しめる心を育《はぐく》みたい。深呼吸をして心を整えると、私はドラッグストアまでの道をダッシュした。

あらゆる掃除グッズを買い揃《そろ》え、再び掃除に戻る。頭にタオル、口と鼻にはマスクというクリスマスらしからぬ格好で、日が暮れるまで掃除を続けた。

途中、はたと「自分は一体、クリスマスイブに何をしているのだろうか」と気づく。過去と決別して前に進むため唐突に掃除を始めたのか、はたまた単に時間を埋めるために掃除をしているのか。それさえ、もうわからない。

我に返ったときには、夕飯時になっていた。二階のリビングから、ササポンのピアノ演奏が聞こえる。今夜は、彼の十八番《おはこ》、ショパンの『別れの曲』ではない。前奏曲《プレリュード》第一五番、『雨だれ』である。

繊細さのなかに一筋の哀しさが絡《から》まり合うメロディを聴きながら、私は聖なる夜の空気を感じる。チリひとつなくなった部屋の中、時計がカチカチと時を刻む。そのとき、偶然にも本当に小雨《こさめ》が降り始めた。

私は、ピカピカに磨き上げた部屋の真ん中で笑いがこみ上げてくる。笑っていると、今度は力が抜けてくる。そのまま、二階へと駆け上がった。

私の足音に気がついたササポンは、演奏の手を止めて振り向く。

「あれ？　アキちゃん。クリスマスディナーは？」

彼が驚くのも無理はない。

今頃、私は六本木《ろっぽんぎ》や麻布十番《あざぶじゅうばん》で〝執念のクリスマスディナー〟を食べているはずだった。だが、そうしたところで何の解決にもならないことに気づいたのだ。

私は、正直に言う。

「男性と食事に行くっていうのは、嘘だったんです」

ササポンは、清掃員ファッションの私を見て不思議そうにしている。

「クリスマスイブだから男性と食事くらい行っとかなきゃっていう、私の小さなプライドから」

「プライドから？」

「なんとか見栄を張らなきゃと思って、ササポンに嘘をついてしまいました」

彼は私の告白を聞いても、まったくたじろがない。それどころか、あっけらかんとしながら言い放つ。

「とりあえず、ピザでも注文しない？」

猛烈に腹が減っていた私は、クリスマスイブで混雑していたため二時間ほど遅れて我が家に到着したデリバリーピザを頬張《ほおば》る。そのピザは、これまで食べたどのピザよりも美味《おい》しかった。

サイドメニューに注文したクリスマスチキンも、ベロベロに骨まで舐《な》め上げるようにしゃぶりつくす。人目を気にせずにガツガツと食べるチキンもまた、とても美味しい。

私の隣には、負けず劣らずせっせと無心で食べているササポンの姿がある。ピザとチキンを必死の形相《ぎょうそう》で貪《むさぼ》り食うアラサー女と、ステテコ姿のおじさん。クリスマスも、その構図は相変わらずである。

私はチキンを食べながら、ずっと考えていたことを彼に打ち明けた。

「ササポン」

「はい」

「私」

「なんだい」

「もう少しだけ、この家に居させてもらえないでしょうか?」

「いいけど、あと二……」

「あと二年ですよね。わかってます。でも」

「でも?」

「私、今の暮らしのなかで、自分を取り戻している気がしているんです」

「それはよかった」

「ササポンに出会えたおかげです」

「それはよかった」

「もうちょっと休んで、私が元気を取り戻したら」

「取り戻したら?」

「そのときは、ササポンとの暮らしを一冊の本にまとめたいと思っています。いいですか?」

「うん、別にいいよ」

「ありがとうございます」

ササポンは、私の希望をアッサリと快諾《かいだく》する。そして、早々とピザとチキンを食べ終えると、流しに食器を片付けに行った。

戻ってくると、いつものように彼はリモコンに手を伸ばし、テレビをつける。画面の中の芸人は、サンタクロースコスプレをしながら漫才を披露《ひろう》していた。ササポンはその番組を観《み》て、小刻みに肩を震わせながら笑っている。その横の食卓には、未《いま》だにチキンの骨にしゃぶりついているアラサー女がいる。

私だ。

そんなシュールな空間の中で、クリスマスの妖精が光を放ちながら、どこからかやってきた。小さな妖精は、ピカピカと光るまぶしい粉をリビングに振りかける。そして私の耳元で「なんでもないひとときが、一番幸せなんだよ」と囁《ささや》くと、去っていった。

二〇一八年、大晦日《おおみそか》。

私は埼玉の実家に久しぶりに帰省するため、荷物をキャリーバッグにまとめて家を出た。ほとんど同時に、ササポンもショルダーバッグを抱えて玄関から出てきた。彼はこの年末、軽井沢の別荘でひとりゆっくりと年を越すらしい。

玄関を出て振り向くと、人の気配が消えた家から静謐《せいひつ》な空気が漂う。その空気を吸い込みながら扉を閉め、私は一抹《いちまつ》のノスタルジーにかられる。

この半年間、奇妙な同棲《どうせい》生活のなかで本当に色々なことがあった。少しは強くなれた気がする。来年の私は、一体どうなっているんだろう。

依然として、明日のことすらわからない日々が続いている。結局、彼氏ができるという幸運は起きなかった。

でも、なんていうか、私はもう大丈夫な気がする。隣を見ればいつもササポンがいるし、落ち込んだときに引き上げてくれる家族や友だちもいる。

「孤独に勝ちたい」という強さには反するが、いつか再び心が病んでしまったときのために、「誰かを頼る強さ」も持ちたいと切に願う。

そして、もし周りの誰かが潰れてしまいそうなときは、私もその人のことを支えてあげたい。ヒカリや景子、姉や母、大熊医師やササポン、私の周りの登場人物たちがシレッと私を再生してくれたように。

そんなことを考えながら扉に施錠《せじょう》すると、彼は言った。

「じゃあ、また。来年もよろしく」

私は笑って頷く。

「はい。来年も、よろしくお願いします」

私はササポンに背を向けると、反対の方向に、一歩ずつ歩き出した。

単行本のあとがき

「頭の中に、ずっと音楽が鳴ってる。あとはそれを譜面に書き起こすだけなんだけど、なかなか技術が追いつかなくて。だから今は、一生懸命ピアノを練習してる」

クラシックをこよなく愛するササポンが、常々、私に口にするセリフだ。

音楽とまったく異なる世界で働く彼が、日夜、自宅の二階リビングでピアノの練習に励《はげ》むのは、「いつか自分で作曲したピアノソナタを演奏したい」という思いがあるからなのだという。

そんな崇高《すうこう》で繊細な夢を持つ彼の隣で、今日も私はさりげなく鼻をほじり、寝癖だらけの髪型でご飯を食べ、些細《ささい》な愚痴《ぐち》を聞いてもらいながら生活をしている。

彼氏はいるの？

結婚はまだなの？

収入はいくらなの？

一歩我が家を出ると、視線をそらして下を向きたくなるような質問ばかりが、自分に向けられる。

歳《とし》を重ねるほど人生の課題も出てきて、悩みは増える一方だ。

そのたびに私は、「もう無理っすわぁ」と我が家の食卓で絶叫している。

そして、そんな私の姿を見て、いつもササポンは笑いながら決まってこう言うのだ。

「アキちゃんの人生が羨《うらや》ましいよ」と。

彼によると、私が恋をしたり、人間関係や仕事のことで悩んだり、それらのことをこうして本に書いたりしている、その一連の流れすべてが眩《まぶ》しいのだと言う。

二十八歳差の私たちは、どうやら見えている世界が少し違うらしい。

ササポンは、本書執筆中に誕生日を二度迎えて五十八歳になった。

私も作中では二十九歳になっているが、この夏、三十歳になった。

生活はまったく変わらず、私はササポンの家に住み続けている。

この一見すると奇妙な生活を、世の中の人に理解してほしいとは思わない。

だが、たしかに私は、この家族でも恋人でもないおっさんと暮らすことで、心が軽くなった。

私はササポンに出会うまで、ずっと自分自身のことがよく理解できていなかった。

「他人からこう見られたい」という気持ちが先走り、その理想に近づこうと無理な努力ばかりをしていた。

しかし、彼と出会えたことで、そしてこの物語を書き上げたことで、もうその荷物を下ろせた気がしている。


本書には、私の大切な母や姉、友人たちも多く登場する。

ササポンはもとより、私はこの人たちのおかげで人生を立て直すことができた。

実在するそれらの人たちにも、この場を借りてお礼を述べておきたい。

ヒカリや景子をはじめとした同年代の友人たちとは、ここから先、結婚や出産、キャリアチェンジといった選択のたびに、互いに少しずつ〝人生の年表〟がズレてくるだろう。

そのたびに話が合わなくなったり、これまでみたいにしょっちゅう会ったりすることは、できなくなっていくかもしれない。

だが、それでも私は、友だちに救われたことは絶対に忘れない。

私の奇妙な人生に、ほんのひととき彼女たちはそっと寄り添い、見守ってくれた。

その事実に、今はただ心から感謝したい。

本当に、本当にありがとう。


それから、浩介こと、私が愛した人へ。

あなたは、あまり本を読まない人だった。

だから、私が思い出をいくら書いたところで、きっとあなた自身がこの文章を読むことはないのだろう。

たとえ読んだとしても、もしかしたら「自分のことだ」とは気がつかないかもしれない。

でも、だからこそ言わせてほしい。

あなたと過ごしていた頃、私は世界最高に不幸で、世界最高に幸せだった。そして私はあなたに出会うまで、常に周りと競い合っていた。偽《いつわ》りの自分のままで。でも、あなたに出会って初めて、無理をしない、ありのままの私でいいと思えた。

いつか奇跡的に、あなたがこの本を手にとることがあったとしたら、一言だけ伝えたい。

バーカ。アーホ。

そして、私に「人を愛する心」を教えてくれてありがとう。

二〇一九年一一月

人生に詰《つ》んでいた元アイドルより、愛を込めて。

特別書き下ろし　あの人のカノジョになりたかった

『こんなに脇目も振らずに小説を書いて、いい作品が生まれないわけがない。彼への気持ちをどうにかこうにかやり込めて、ギュッギュッと圧縮袋に入れて押し入れの奥に押し込む亜希子の姿が、いま私の脳内で再生されている。いつか、彼への気持ちを爆発させながら、同じ熱量で小説が書ける、そんな日が絶対にやって来ると思うんよなぁ』

二〇二一年十月十八日、深夜一時半。

食べ終えたカップラーメンの残骸《ざんがい》や飲みかけのペットボトルが埋《う》めつくす自宅の作業机の上で、スマホが鳴った。景子からのLINEだった。

文面を読み終えると、私は震える手でスクリーンショットを行ない、その画像を待受画面に設定した。いつでも読み返せるように。

それにしても、生後二カ月の乳飲み子《ちのみご》を抱える彼女から返信がくるのは、近頃決まって深夜の時間帯である。

この七月に約三年に及ぶササポンとの暮らしを終えた私は、都内某所で一人暮らしすることになった。引っ越した当初は、誰もいないがらんどうな部屋を寂《さび》しく感じることもあった。そこから三カ月経《た》った今は、他人のいない生活に慣れつつある。

彼の家を出てまもなく、コロナウイルスは日本でさらなる猛威を振るうようになった。

しかし、そのあいだも、私の周囲にいる人々は着実に人生を進めていた。

景子はこの夏、子供を産んだ。感染防止対策により、家族ともろくに会えない状態のまま、彼女は一人で出産に臨《のぞ》んだ。不安な気持ちもあったと思う。しかし、私は景子から弱音を聞いたことは一度もなかった。

それどころか、コロナ禍《か》で会えないあいだも彼女はこうして夜中の授乳の合間に私のためにメッセージを打ってくれているのだと思うと、ありがたさのあまり泣けてくる。

私は目をつぶり、深呼吸を繰り返す。

スーハースーハー。

――書け。書け。とにかく書くんだ。お前ならばきっとできる。

スーハースーハー。

――書かないことには始まらない。やる気があれば何でもできる。

スーハースーハー。

――いいから書け。とにかく書け。一文字でもいい。書くんだよ。

スポ根漫画のような叱咤《しった》の言葉を心のなかで幾度《いくど》も唱えるが、プレッシャーで吐《は》きそうである。

さらに、あまりに長い時間椅子《いす》に座り執筆しているせいで、尻の皮膚《ひふ》が溶けて、まるで椅子と自分の身体《からだ》が一体化しているような感覚に陥《おちい》っていた。

だらしないジャージは上下ともに三日間同じ物を着ているが、いい小説が生み出せるならば、もう自分の衛生状態も健康状態も、どうでもいい。

昨夜、私は景子に「好きな男ができた。しかし、今書いている小説は、今後私が作家として活躍できるか運命を左右するほど大事な作品だから、今回は小説を書くことに人生を全振りしようと思う。いいよね?」とLINEを送った。すると景子から、先ほどのLINEが届いたのだった。

私は再び、すがる気持ちで彼女から届いた文面に目を落とした。

『いつか、彼への気持ちを爆発させながら、同じ熱量で小説が書ける、そんな日が絶対にやって来ると思うんよなぁ』

本当に、いつか私にもそんな日がやって来るのだろうか。

今はまだ、目の前の出来事に必死すぎて信じられない。

大手出版社から「小説を書いてみませんか?」と誘われたのは、二〇一九年の冬のことだった。

その頃の私は、ササポンと暮らしながら、フリーライターとしてせっせとウェブメディアに原稿を書くことで日銭《ひぜに》を稼《かせ》いでいた。

単調な日々に物足りなさを感じることもあったが仕事は順調で、いずれは誰かと付き合って結婚し、静かに暮らしていくのだろうと思っていた。

ところが、ある日、Twitter のＤＭボックスに文芸の編集者から一通のメッセージが届いた。

〈拝啓　大木さまの『人生に詰《つ》んだ元アイドルは、赤の他人のおっさんと住む選択をした』、とても面白く拝読いたしました。つきましては是非弊社で、今度はフィクションの小説にチャレンジしてみませんか？〉

自分にそんな依頼が来ることなど思いも寄らなかったので、私は腰が抜けるほど驚いた。

これまで自分の体験を切り取ったエッセイは書いてきたが、小説を書いてみようという気持ちを抱《いだ》くことは、分不相応だと思っていた。

しかし編集者はどうやら本気のようで、一度直接会って話をしたいという。

不信感を抱えたままひとまず会う約束をし、当日指定された時間に渋谷の喫茶店に向かうと、大柄な一人の男性が私のことを待っていた。

名刺交換をして挨拶《あいさつ》もそこそこに、彼は言った。

「私はずっと、文芸畑で多くの小説家の方と仕事をしてきました。その上で言いますが、大木さんは小説を書ける人だと、僕は思います」

まっすぐな眼差《まなざ》しでそう言われたが、私はとってつけたような笑《え》みを浮かべるしかなかった。

そんなことを言われても、小説は「書け」と言われて書けるものではないのではないか。

一方で私は、いずれ人生のどこかのタイミングで自分が物語を書くことを随分《ずいぶん》昔から分かっていた気もした。いや、本当は切実に、いつか小説が書いてみたかった。

しかしそんなことは、初対面の人の前では恥ずかしくて口が裂けても言えず、私は躊躇《ためら》ったフリをした。

その日は一旦返事を待ってもらうことにした。

帰り際、彼は「ちょっと一カ所だけ付き合ってくれませんか？」と、私を喫茶店近くの書店に半《なか》ば強引に連れていった。

着いた先は文芸書のコーナーだった。

「これは大木さんの未来に対する投資です」

彼はそう言うと、人気作家の最新作を山のように購入してくれた。

仕事とはいえ、今日初めて会った人にこれだけたくさんの買い物をしてもらうことに罪悪感を抱いたが、彼からは本気の熱意が感じられた。

彼が次々とセレクトするので、レジに行くまでに私が抱えることになった本の山は店の天井に届きそうだった。

朝井《あさい》リョウ。

伊坂幸太郎《いさかこうたろう》。

江國香織《えくにかおり》。

重松清《しげまつきよし》。

よしもとばなな。

などなど、錚々《そうそう》たる作家の本を選び終えると、彼は「では、とりあえず全部読んでみて下さい」とニッコリ笑う。

突然のことで面食らったが、とにかくプロの文芸編集者がそこまで言うのなら、私はこの挑戦に懸《か》けてみよう、いや、もう人生を懸けようと、その時、腹を決めた。

それからというものの、私は小説家への道を歩むことになった。

編集者が購入してくれたそれらの作品を片っ端から読み、売れているシリーズは筆写し、いいと思ったフレーズは忘れずメモし、一冊読むごとに編集者に感想を送った。

それから、なぜこれらの作品が今の世の中に受け入れられているのか分析をしたり、自分なりに真似《まね》て書いてみたりもした。

しかし、誰かの真似をしてみても得られるものは少なく、次第に私は「自分にしか書けない作品」を求めて、実際に小説を書いてみることにした。

その数カ月後、小説誌に初めての小説が掲載された。おかげさまで評判は上々で、Twitter に書かれる、面白かったという感想を読んだり、家族や有名人から褒《ほ》められたりすると素直に嬉《うれ》しかった。

人から褒められるともう少し頑張って書いてみようかなという意欲が芽生《めば》え、気がつけば私は新人小説家と呼ばれるようになっていた。

しかし、そんな矢先、好きな男が出来てしまった。

彼の職業は、ピアニストだった。

非常事態宣言下の二〇二一年八月、ヒカリが彼女の自宅で開いてくれた、私の三十二歳の誕生日会で彼とは出会った。

その頃の私は、ようやく一人暮らしのサイクルにも慣れつつあった。

誕生日会には私とヒカリ、そしてヒカリが歌番組の収録で知り合い意気投合したというそのダイキという男と、彼の友人でドラマーのケンジの四人が集合した。

マスク越しではあったけれど、ひと目見た時から私はダイキのことを好きになっていた。知的な雰囲気が漂っており、くるくるのパーマがよく似合った。

食事をしている時も談笑をしている時も、私はろくに会話に集中できなかった。

彼が他愛《たわい》もない話題を私に振ってくれるだけで幸せを感じ、その喜びを過剰に顔に出さないようにするのに必死だった。

途中、リビングに置いてあったピアノで彼は何か曲をプレゼントしてあげると、照れながら私に言ってきた。

「プロのピアニストに、無料《ただ》で弾《ひ》いてもらっていいの？」

遠慮がちにそう尋ねると、彼は「今日だけは特別ね」といたずらっぽい笑みで返す。

不意の申し出に面食らった私は何を演奏してもらえばよいか戸惑《とまど》ったが、彼は少し考えると「じゃあ、とりあえずこれ弾く」と言って、軽いタッチでピアノを弾き始めた。

私は驚いてしまった。彼が弾いた曲は、ササポンがよく弾いていたショパンの『雨だれ』だったからだ。

その瞬間、懐《なつ》かしさで胸がいっぱいになり、鼻の奥がツンとし、思わず泣きたくなる。

しかし、いきなり泣いてしまうとメンヘラに思われるかもしれないから、涙は堪《こら》えた。

彼が弾き終えると、私は半ば条件反射的に大きな大きな拍手をしていた。

ササポンの家を出て以来、寂しさを感じない日はなかったが、こんなに素敵な誕生日が迎えられるなんて。

「ブラボー！　最高の誕生日プレゼントだったよ」

興奮しながら演奏を褒め称《たた》えると、彼は照れながら笑っていた。照れた顔も素敵だった。

コロナ禍ということもありその日は夕方には解散になったが、私は彼のことが忘れられなかった。

翌日。ヒカリが取り計らってくれて、私と彼はＬＩＮＥで繋《つな》がった。

そして、それから幾度となく彼とメッセージのやり取りが続いた。

「今度二人で会わない？」

「嬉しい」

「初デート楽しみだね」

「私も」

「俺、小説家って仕事、凄《すご》いと思う」

「ピアニストって仕事も最高でしょ」

私は天にも昇る心地《ここち》だった。

あぁ、これまで男運がなかったのも、きっと彼と出会うための試練だったに違いない。

このまま順調にいけば、きっと私は彼といい感じになれるだろう。

そんな確信めいた予感さえよぎった。

一方で私は、頭の片隅《かたすみ》で「このままこの恋愛を進めてはならない」と自分自身に警鐘《けいしょう》を鳴らしていた。

なぜなら私は、昔から恋愛をすると他のことが一切《いっさい》手につかなくなる体質だったからだ。ただでさえ今は小説の単行本化の作業を進めている最中で、編集者からも「期待してますよ」と、いい意味でプレッシャーをかけられていた。

ここで恋愛に走れば、おそらく彼と付き合えるようになるだろう。

しかしその結果、私は彼との逢瀬《おうせ》に全力を注《そそ》ぎ、仕事を放棄してしまうことが目に見えていた。そして、それは即《すなわ》ち「作家」としてのチャンスを捨てることを意味している。

私は、彼との関係を前に進めることを思い切って諦《あきら》めようと思った。

もちろん断腸の思いではある。しかし、これまでの人生、女優としてもアイドルとしても不発に終わり、会社員としてもドロップアウトした私は、一度でいいから世間から一人の表現者として評価されたいと思っていた。

これは、私のなかで明確に芽生えた野心だった。

それから私は、彼から届く連絡を既読スルーするようになった。

来る日も来る日も、無視し続けた。

「あれ？　最近忙しいの？」

「俺のこと嫌いになった？」

それでも遠慮がちに彼から連絡が届くが、私は「スマン。君には何一つ罪がない。むしろ好き。だけど、これは私自身の問題だ」とほだされそうになる心に鞭《むち》を入れ、無視し続けた。少しだけ泣いた。

彼からしてみれば狐《きつね》につままれた気分だったに違いない。

二人はそれまで順調にメッセージのやり取りを続け、デートの約束まで取り付けていたのだから。

私は、自分でも自分のことがバカだと思った。

しかし、これ以上連絡を取り続けてしまえば、私はきっと彼のことを本気で好きになってしまう。

そして作家として挑戦できる、このチャンスを失ってしまうと本気で思った。

「今は小説を書くことに集中したい。だから、しばらくは連絡を控えてほしい。でも、あなたのことは気になっているし、多分好き。だからあなたも私のことをずっと好きでいて」

そんなどストレートな気持ちを、まさか彼に伝えることなんてできなかった。

まだ一度しか会ったことがない相手に、「今は会えないけど恋愛感情はキープしておいて？」と言うのは、あまりに身勝手で、野暮な気がしたからだ。

それに、私が思わせぶりな態度を続けることは、彼の貴重な時間を奪うことにも思えた。

彼には、その端整な顔立ちと溢《あふ》れ出る才能で活躍し、どうか伸び伸びと暮らしていてほしかった。

たとえ、他の女のモノになったとしても。

私は彼との恋愛を諦めると、そこからひたすら小説を書くことに没頭した。

季節は秋から冬に移り、雨の日も雪の日も、生理前でイライラする日も、「小説の書き方が分からない。もう無理」という初歩的なことでつまずく日も、書いて書いて、書きまくった。

こうした苦闘を続け、ようやく半年後の二〇二二年二月、私の処女小説集は完成した。

文芸の編集者と会ってから約二年が経っていた。

苦しんだ末に生み出した本のタイトルは『シナプス』。

自分の実体験をベースにしたフィクションで、二十代の頃の私と同じように人生に詰み、もがき苦しみながら、それでも立ち上がっていく女性たちの物語だった。

私は、この小説集を完成させた瞬間、「あぁ、壮絶な出産を終えたな」という感覚があった。

集中するあまりトランス状態に陥り、書き終えたあとは、抜け殻《がら》になっていた。

そして三月三日、発売の翌日。

嘘《うそ》偽《いつわ》りなく作品に全てを注ぎ切った私の脳裏《のうり》に浮かんだのは、あの男の顔だった。

掻《か》き消しても掻き消しても、浮かんでくる。辛《つら》い。

そこで私は性懲《しょうこ》りもなく節操もなく、どうしてもやってはいけないことをやってしまった。

意を決してヒカリにＬＩＮＥで、あるお願いをしたのである。

「ピアニスト君と、また会いたい。よかったらセッティングしてくれない？」

「俺、彼女ができたんだ」

久々に会ったダイキが、意気揚々と言った。

私が一杯目のビールに口をつけた瞬間の出来事だった。唐突な告白に動揺する。しかし即座に「よかったじゃん！」と言えるくらいには、私はすぐにピエロになれた。

渋谷駅からほど近い沖縄風居酒屋の個室には、私の隣にヒカリが、そして彼の隣には昨年の私の誕生日会にも来てくれた彼の友人・ケンジが座っていた。

引きつった笑みを浮かべて、私は彼に尋ねる。

「へぇ。彼女、どんな子なの？」

「年下の、普通の女の子」

一瞬だが、わずかに彼が気まずそうな表情をしたことを、私は見逃さなかった。

私は思わず思考停止し、手にしていた枝豆を床に落としてしまう。すると、同時に彼も、口をつけたばかりのレモンサワーで少しむせていた。

――やっぱり、私たち、お互いに気があったよね。

しかし、その言葉はグッと呑《の》み込む。彼女持ちの相手に何を言おうと、もはや後出しジャンケンに過ぎないからである。

厄介《やっかい》なことに私は、まだ彼のことが欲しくて欲しくてたまらない。むしろ「他の女性のモノ」になった途端、魅力が三割増しにさえ思えてくる。そんな自分を心底殴《なぐ》りたい。

私の心情を全て察したかのように、ヒカリが「ま、普通が一番よな」と彼に同調すると、彼は気を良くしたのか、「それホントにそう」と照れ笑いを浮かべていた。

「すみません。中ジョッキ一杯」

彼の声を遮《さえぎ》るように、私はビールのお代わりを注文する。酔ってすべて忘れたかった。

その時テーブルの下で、ヒカリに強く足を踏まれた。

「オイ。気持ちは分かるけど、あんま飲みすぎんな」

「ちょっと痛い」

小声で抗議するが、彼女は動じず私の耳元で囁《ささや》く。

「残念だったな」

私の出版祝いという口実で今夜ヒカリがセッティングしてくれたこの席で、私は想定外の展開に困惑していた。

「ちょっとトイレ行ってくるね」

私は席から立ち上がると、店の奥にあるトイレの個室に入る。

そして、そのまま洋式の便座に座ると、小さく奇声を上げた。

「ま、半年も会えなかったし、そうだよね！　うん！　仕方ないよね！」

無理に自分を鼓舞《こぶ》してみるが、そこからテンションを上げることは難しそうだった。

二十一時を迎える頃、私たちは解散した。都ではまん延防止等重点措置が発令されており、営業時間は二十一時までと決められていたのである。自分の分の会計を払い終えた彼は、「今から彼女の家に泊まりに行くから、お先！」と言うと、誰よりも早く店から出て行った。

「なんか、ラブラブだな」

追い打ちをかけるようにしてヒカリが私の心にトドメを刺すが、「そうだね」と平静を装い、店の出口に向かう。

もう、何もかも手遅れだった。私は命を懸けた小説は書けたけれど、男の愛は逃した。

「じゃ、俺の家、ここから歩いてすぐだから。また機会があれば飲もうよ」

ケンジが無邪気にそう言って、車道を隔《へだ》てた向かい側の道に颯爽《さっそう》と去っていく。

残された私とヒカリはそれを笑顔で見送ると、どちらからともなくため息をついた。

「ま、ドンマイ！　私もダイキに彼女ができたこと知らなくて。役に立てなくてごめんな」

ヒカリが私の背中をバシッと叩《たた》く。

「いや。ヒカリには、感謝しかないよ」

彼女は、勢いよくタクシーを捕まえる。

「駅まで一緒に乗ってく?」

「いい。夜風にあたりながら歩いて帰るわ」

「ひゅー。傷心モードってやつですか〜」

「うるさい」

私が傷ついた時、いつもおちょくってなぐさめてくれる彼女の優しさに、本当は救われている。

彼女にはこの春、ミュージシャンの彼氏ができた。今夜は彼の元に向かうのだという。

ずっと一緒にいると思っていた親友でさえ、私を置いて次のステージに行ってしまうのだろうか。

タクシーが見えなくなるまで私はヒカリに手を振る。

それから一人歩きながら、ゆっくりと暗算を始めた。

髪をセットした美容院の代金が四千円。

前日に施術《せじゅつ》したまつ毛パーマが六千円。

顔剃《かおそ》りとフェイシャルエステがセットで八千円。

今日のために合計で一万八千円かかったが、うん、全部、意味なかったな。

いや、〝意味がない〟ことなんてない。これもいつか小説の材料にするのだ。


歩いて自宅マンションに到着し、薄暗い玄関の電気をつける。

「ただいま」

一人暮らしなのにそう呟《つぶや》いてしまうのは、ササポンと暮らしていた頃の名残《なごり》だった。

コートを脱いでラックにかけると、リビングの窓を開けて夜風にあたる。

まだ季節はギリギリ冬で、冷たい風が私の頬《ほお》を刺した。

〝あの家〟で暮らしていた頃の私ならば、今夜のような〝アクシデント〟があれば、一目《いちもく》散《さん》にリビングにいるササポンの元へ駆け寄り、「聞いて下さいよー。仕事に夢中になっていた間に、好きな男の子に彼女ができててぇ。超ショック。でも、私もいけないんですけどねぇ」と、愚痴《ぐち》を聞いてもらったに違いない。

しかし、ササポンとの暮らしを終えた今、このモヤモヤは一人で解決しなければならない。

その時、ふと気づいた。

今夜の私にはまだわずかに余裕がある。

もちろん傷ついてはいる。

久しぶりに気に入っていた男に、プチ失恋してしまったという事実に。

しかし、どうにか自分の感情に折り合いをつけることができている。

そんな気がした。自分自身の心がこんなにも強くなったことを実感したのは初めてだった。

「ハイ。試合終了。結果は敗退。大敗退。でも、今日のアンタは偉かった」

そう潔《いさぎよ》く呟くと、私はバッグからスマホを取り出して、数枚、自撮りした。

それから今日のために頑張ったメイクと服装も写真に残して記録すると、彼への気持ちをそのなかに封印した。

今日の私は、それなりに可愛《かわい》かった。

もう、これでいい。

私の自尊心は、たとえ男に振られたとしても決して揺らがない。

縁があれば、また繋がる。

縁がなくても、また素敵な新しい出会いがある。

そうやって、人は更新していく。それで充分ではないか。

そう思っていると、なんだか一人で笑いがこみ上げてきてしまった。

この笑いが、どのような感情に付随《ふずい》した笑いなのか、まだ説明がつかなかった。

恋に臆病になり、仕事でも不器用さを露呈し、人生に詰んでいた二十代の頃と何ら変わらない悩みを持つ滑稽《こっけい》さが我ながら可笑《おか》しかったのか。

もしくは人生において、いつも何も答えが見つからない虚《むな》しさに、ほとほと疲れたからなのか。

おそらく、どのような感情にも属しているし、どのような感情にも属していない気がした。

しかし唯一、分かっていることがある。

私はもう一生、何があっても大丈夫だ。

小説が売れるかは、まだ分からない。

また素敵な人に出会えるかもわからない。

ピアニスト君と、どうなるのかも、だ。

でも、きっと人生とは、こうしたままならぬことの連続なのだ。

その時、一通のメールが届いた。

「こんばんは。アキちゃん。お元気ですか？　ササ」

今は定年退職して、軽井沢にいるササポンからだった。

私は不意を突かれ、驚いたが、

「はい。変わらず元気です！」

とすぐに返信する。すると、

「Twitter 更新してないから、少し心配に。元気なら、それで。ササ」

と短い返信があった。

そうだ、ササポンはロム専だが、Twitter のアカウントを持っている。

私が執筆に集中するあまり近頃何も呟いていなかったことを、心配してくれていたのだ。

遠く軽井沢で余生を楽しむ彼が、さりげなく今も私のことを気遣《きづか》ってくれていることが嬉しい。決して見返りを求めず、さりげない優しさに心底救われる。

「そうだ。ようやく処女小説集が完成したんです。ササポンにも贈りますね」

「そう。ありがとう。体調に気をつけてね。頑張りすぎないようにしてください。それでは、また。ササ」

私はスマホを机の上に置くと、「ありがと。ササポン」と一人呟き、風呂の追い焚《だ》きスイッチを押す。

それから鼻歌を歌うと、煮出しておいたお茶を飲むために冷蔵庫を開け、コップになみなみと注《つ》いだ。

グビグビと飲み干したそのお茶の後味は、決して苦くはなかった。

解　説——元アイドルのシェアする才能

臨床心理士　東畑開人《とうはたかいと》

なぜ人生に詰《つ》んだ元アイドルと赤の他人のおっさんは男女の関係にならなかったのか?

いかにも町の心理士が考えそうな、ゲスの勘繰りと思われるかもしれない。しかし、これこそが本書の最奥《さいおう》にある問いのはずだ。胸に手を当てて思い出してほしい。あなただって、この問いに突き動かされて、この本をここまで読み進めてきたのではなかったか。

ひとつ屋根の下に、人生に詰《つ》んだ元アイドルと赤の他人のおっさんが暮らしている。相手がおっさんだからと言って油断してはいけない。元アイドルだろうとなんだろうと、人生に詰んだときに誰かがそばにいたら、うっかり恋に落ちてしまうのが人間というものだからだ。

何かが起きてしまうのではないか。本書のタイトルと設定からして、そう邪推せざるをえない。そして、その邪推にドライブされて、私もあなたも本書を一気読みしてしまったはずなのだ。著者の仕掛けた罠《わな》にまんまとハマってしまったということだ。

とはいえ、心理士とは罠にひっかかるのをよしとする職業だ。誰かの術中にハマり、その世界にからめとられることで、私たちはその人の心の深いところへと招待される。心の謎解《なぞと》きは、罠のど真ん中でしかなされない。

だから、物語の終わりにまでたどり着いた今、つまり罠を十分に味わった今こそ、問わねばなるまい。

なぜ人生に詰んだ元アイドルと赤の他人のおっさんは男女の関係にならなかったのか？

＊

一から考えてみよう。

おっさんと元アイドルが一緒に住むようになったのは、彼女が歩けなくなったのがきっかけだった。ある朝、地下鉄のホームで、彼女の足は突然動かなくなった。

古い精神医学ならば「ヒステリー」、現代の精神医学ならば「身体表現性障害」と呼ぶかもしれない。いずれにせよ不思議なことが起きている。骨折したり、筋が切れたりしたわけじゃないのに、まるで電池が切れたように足が動かない。

どこへ向かって歩いていたのか？

とりあえずは会社の得意先に、それが終われば「ノルマ飯」に、つまりハイスペック男性と「出会い、食事をして、恋人候補者の手札《てふだ》を増やしていく」ための食事会に。会社の商品を売るために、あるいは婚活市場の商品としての彼女自身を売るために、彼女はパンプスをカツカツと響かせて、歩き続けていたのだ。


体は厄介《やっかい》だ。理由もなく悪寒がしたり、高熱を出したりするし、太ったり、痩《や》せたりもままならない。だけど、ときどき素晴らしい働きもする。

もう自分の足では歩けない。何かを売るために、荒れた海を小舟一艘《いっそう》で航海することは限界だ。そう思っているのに、歩くことをやめようとしなかった彼女の心を、体は強制終了してくれる。彼女の体は動けなくなり、会社を辞《や》めざるをえなくなる。貯金が尽きる。人生が詰む。

心が出来なかったことを、体が代わりにやってくれる。心が言えなかったことを、体が代わりに語ってくれる。

一人で歩けない。体がそう言ってくれたから、元アイドルは赤の他人のおっさんと一緒に住むことになった。誰かとしばし身を寄せ合うことになった。

＊

本書の舞台はシェアハウスだ。元アイドルからすると、これは赤の他人のおっさんとハウスをシェアした物語であろうが、おっさんに言わせれば、赤の他人の元アイドルと家をシェアした話だろう。いずれにせよ、重要なのはお互いが赤の他人であることだ。

赤の他人だから、相手の人生に対する責任がない。よって、相手の心に必要以上に入り込むこともない。台所も、リビングも、お風呂も、トイレもシェアしているけれど、二人は一定の距離を保ち続ける。

しかし、それは二人の間に何の関係も生まれないということではない。その一定の距離に、か細い糸がゆっくり伸びてくる。

一緒に暮らす中で、元アイドルはおっさんのことを知っていく。彼が離婚した妻への複雑な思いや一人で老いていく孤独を抱えていることを知っていく。同じように、おっさんもまた元アイドルを知っていく。彼女が仕事や恋愛で傷つき続けていることを知っていく。

だから、元アイドルはソファでぐうぐう眠るおっさんにそっと毛布を掛けてあげるし、おっさんは病気になった元アイドルのためにスポーツドリンクを買ってくる。体に触れることはない。一定の距離の間を、毛布やスポーツドリンクが、そしてときに短くて簡素だけどやさしい言葉が行き交う。

何かをシェアしていると、自然につながりが生まれてしまう。そうやって赤の他人同士に生まれる関係のことを、私は「シェアのつながり」と呼んでいる（拙著『なんでも見つかる夜に、こころだけが見つからない』参照）。

同じ釜《かま》の飯をシェアすると戦友になるし、同じ年頃の子どもがいるとママ友になる。同じような苦労をシェアしていると、お互いがどれだけ傷ついているか、どうすると傷ついてしまうのかがわかってくる。すると、そこに相手をこれ以上「傷つけない」ように、労《いたわ》り、配慮し、ケアするつながりが生まれてくる。

＊

それにしても、元アイドル、なんと不器用なのだろう。

仕事にせよ、恋愛にせよ、全然うまくいかない。彼女はなにか良いことが起こるかもと期待して、さまざまな人に体当たりするのだけど、結局うまくいかず、傷つき、深い自己嫌悪に陥《おちい》る。

いや、彼女が不器用なのではなく、世界が不誠実なのかもしれない。小舟一艘で生きる弱い立場の彼女を、大人たちは大切にしようとしない。世界は彼女を裏切る。

それでも、元アイドルの心に宿っている希望は死に絶えたりはしない。確かに彼女は打ちのめされる。汚れたパジャマを着替えることもできなくなり、病床から起き上がれなくなる。それでも、しばらくすると、希望はノソノソと動き出し、不誠実な世界との取っ組み合いを再開する。

元アイドルには才能がある。しかも、少なくとも二つはある。

一つは足に宿っている。彼女の足は頻繁《ひんぱん》に動かなくなるのだけど、しばし休むと、もう一度立ち上がり、歩みを続けようとする。回復するのだ。彼女の足には希望を宿し続ける才能がある。

もう一つは手だ。彼女は助けてほしいと手を差し出すことができる。その手の向こうにはいつも複数の手があって、彼女はそれをつかむことができる。赤の他人のおっさんだけじゃない。姉も母も、景子《けいこ》やヒカリのような友人たちも、元アイドルのことを「大丈夫なのか」と気にかけている。彼女の手には多くの人に心配される才能がある。

それはもしかしたら、彼女が不器用だからなのかもしれない。つまり、傷ついたことをうまく隠せないのだ。彼女の心は一人で絶望に持ちこたえようとするのだけど、体は傷ついているのだと全身で表現してしまう。だから、周囲は放っておけない。どう考えても、心より体の方が賢い。

おっさんと一緒に暮らすうちに、手と足が噛《か》み合うようになる。萎《な》えていた足は、手たちに支えられて、小さな一歩を踏み出す。その歩みは次第に力強くなっていく。

彼女は回復の物語を書きたいと思う。物語るとは、いかに生きてきたかをたどることであり、これからどう生きていくかを展望することだ。それだけ回復してきたのだろう。そのために、おっさんに許可を取ったときの彼の答えが振るっている。

「別にいいよ。『おっさんとの同居物語』っていうより、ひとりの女の子が他者によって再生されていく話だね」

そうだと思う。間違いない。おっさんがこの解説を書くべきだったんじゃないか。パーフェクトな洞察だ。

いや、でも一つだけこのおっさんが言い落としていることがある。お節介な心理士として、ここに一言付け加えたい。


そして、ひとりのおっさんが他者によって再生されていく話でもあるね。

＊

シェアのつながりの素晴らしいところはここだ。そこではさまざまなものがシェアされるわけだが、その根底にあるのは孤独だ。ママ友が子育てをめぐるほかではわかってもらえない孤独をシェアする仲間であるように、元アイドルとおっさんは都会を一人で生きねばならない孤独をシェアしている。

孤独であることが誰かに理解される。あるいは誰かの孤独を理解する。それは孤独を解消したりはしない。だけど、その痛みを少し和《やわ》らげてくれる。なぜなら、孤独が二つあるという意味で、その孤独は孤立してはいないからだ。

同じことがおっさんにも起きていたはずだ。元アイドルと暮らし、その孤独をシェアすることで、おっさんの孤独もまたシェアされていたと思うのだ。
シェアのつながりは、そのようにして孤独を支え、生きる力をもたらしてくれる。

だから、今ならあの問いに答えることができるだろう。

なぜ人生に詰んだ元アイドルと赤の他人のおっさんは男女の関係にならなかったのか？

元アイドルも赤の他人のおっさんも脆弱《ぜいじゃく》であったからだ。そして、お互いが脆弱であることを知っていたからだ。
性や愛は人と人とを深く結びつけるものであると同時に、互いを傷つけ、損《そこ》なう可能性のあるものだ。孤独を越えて、相手とつながろうとするのならば、当然侵入的になり、痛ましいことが起こりうる。
実際、元アイドルは、誰かを深く愛そうとして、あるいは深く愛せる誰かを探し求めることで、何度も何度も傷ついてきた。あるいはおっさんだって、別れた元妻との傷に血を滲《にじ》ませながら、一人で生きていたではないか。

まだ生傷を抱えていて、脆弱になっていた彼女たちに必要だったのは、誰にも侵入されないで、それでいて安全に誰かと一緒に居られることだった。そのことがシェアされていたから、二人はシェアのつながりを越えないようにと配慮し続けたのだと思うのだ。

それでよかった。本当によかった。二人は再起動できた。おっさんは軽井沢《かるいざわ》へと旅立つことができたし、元アイドルはこの物語を書くことができた。動けなくなっていた小舟たちは、もう一度人生の航路を定めることができた。

だけど、だからこそ、次なる課題があるのだろう。文庫化に際して追加された最終章がそのことを予感させている。そこでは、元アイドルは誰かを愛したいと焦《こ》がれながらも、小説を書くために、それを回避する。

ここでゲスの勘繰りが再び発動する。シェアのつながりによって、孤独に耐えられるようになった彼女が、次は誰かともっと深く関わりたいと欲望しているように見えるのだ。そろそろなんじゃないか。今だったら、たとえ傷つくにしても、シェアの手に支えられながら、愛したり、愛されたりすることができるのではないか。

お節介な心理士としては、ついついそう思ってしまうのだが、どうなのだろうか。

この作品『人生に詰んだ元アイドルは、赤の他人のおっさんと住む選択をした』は令和元年十二月、小社より四六判で刊行されたものです。文庫化に際し、著者が大幅に加筆・修正し、特別書き下ろしを加えたものです。また本書は実話をもとにしたフィクションです。登場する個人名・団体名等は一部仮名です。

人生に詰んだ元アイドルは、赤の他人のおっさんと住む選択をした

一〇〇字書評

切り取り線

購買動機（新聞、雑誌名を記入するか、あるいは○をつけてください）

□（　　　　　　　　　　　　　　　）の広告を見て
□（　　　　　　　　　　　　　　　）の書評を見て
□ 知人のすすめで　　　□ タイトルに惹かれて
□ カバーが良かったから　　　□ 内容が面白そうだから
□ 好きな作家だから　　　□ 好きな分野の本だから

・最近、最も感銘を受けた作品名をお書き下さい

・あなたのお好きな作家名をお書き下さい

・その他、ご要望がありましたらお書き下さい

住所	〒				
氏名		職業		年齢	
Eメール	※携帯には配信できません	新刊情報等のメール配信を 希望する・しない			

この本の感想を、編集部までお寄せいただけたらありがたく存じます。今後の企画の参考にさせていただきます。Eメールでも結構です。

いただいた「一〇〇字書評」は、新聞・雑誌等に紹介させていただくことがあります。その場合はお礼として特製図書カードを差し上げます。

前ページの原稿用紙に書評をお書きの上、切り取り、左記までお送り下さい。宛先の住所は不要です。

なお、ご記入いただいたお名前、ご住所等は、書評紹介の事前了解、謝礼のお届けのためだけに利用し、そのほかの目的のために利用することはありません。

〒一〇一-八七〇一
祥伝社文庫編集長　清水寿明
電話　〇三（三二六五）二〇八〇

祥伝社ホームページの「ブックレビュー」からも、書き込めます。
www.shodensha.co.jp/
bookreview

祥伝社文庫

人生《じんせい》に詰《つ》んだ元《もと》アイドルは、赤《あか》の他人《たにん》のおっさんと住《す》む選択《せんたく》をした

令和 4 年 6 月 20 日　初版第 1 刷発行

著　者　大木亜希子《おおきあきこ》

発行者　辻　浩明

発行所　祥伝社《しょうでんしゃ》

東京都千代田区神田神保町 3-3

〒 101-8701

電話　03（3265）2081（販売部）

電話　03（3265）2080（編集部）

電話　03（3265）3622（業務部）

www.shodensha.co.jp

印刷所　萩原印刷

製本所　ナショナル製本

カバーフォーマットデザイン　芥 陽子

Printed in Japan ©2022, Akiko Oki　ISBN978-4-396-34813-7 C0193

祥伝社文庫の好評既刊

祥伝社文庫の好評既刊

小池真理子
会いたかった人
中学時代の無二の親友と二十五年ぶりに再会……。喜びも束《つか》の間《ま》、その直後からなんとも言えない不安と恐怖が。

こざわたまこ
君には、言えない
元恋人へ、親友へ――憧憬、後悔、反発……あの日、言えなかった〝君〟への本当の気持ちを描く六つの短編集。

中田永一
百瀬、こっちを向いて。
「こんなに苦しい気持ちは、知らなければよかった……！」恋愛の持つ切なさすべてが込められた小説集。

中田永一
吉祥寺の朝日奈くん
切なさとおかしみが交叉《こうさ》するミステリ的表題作など、恋愛の〝永遠と一瞬〟がギュッとつまった新感覚な恋物語集。

中田永一
私は存在が空気
存在感を消した少女は恋を知り、引きこもり少年は瞬間移動で大切な人を救う。小さな能力者たちの、切ない恋。

中山七里
ヒポクラテスの誓い
法医学教室に足を踏み入れた研修医の真琴《まこと》。偏屈者の法医学の権威、光崎《みつざき》とともに、死者の声なき声を聞く。

祥伝社文庫の好評既刊

中山七里
ヒポクラテスの憂鬱《ゆううつ》
全ての死に解剖を――普通死と処理された遺体に事件性が？　大好評法医学ミステリーシリーズ第二弾！

中山七里
ヒポクラテスの試練
伝染《うつ》る謎の〝肝臓がん〟？　自覚症状もなく、ＭＲＩでも検出できない。法医学者光崎が未知なる感染症に挑む！

原田ひ香
ランチ酒
バツイチ、アラサー。唯一の贅沢は、夜勤明けの「ランチ酒」。心に沁みる、珠玉の人間ドラマ×絶品グルメ小説。

松嶋智左
開署準備室
巡査長・野路明良《のじあきら》

姫野署開署まであと四日。新庁舎で不可解な出来事が次々と起こるなか、失踪した強盗犯が目撃されて……。

矢樹　純
夫の骨
結末に明かされる九つの意外な真相が不器用で、いびつで、時に頼りない、現代の〝家族〟を鋭くえぐり出す！

柚月裕子
パレートの誤算
ベテランケースワーカーの山川《やまかわ》が殺された。被害者の素顔と不正受給の疑惑に、新人職員・牧野聡美《まきのさとみ》が迫る！

〈祥伝社文庫　今月の新刊〉

西村京太郎
消えたトワイライトエクスプレス
惜しまれつつ逝去した著者が、消えゆく寝台特急を舞台に描いた爆破予告事件の真相は？

原田ひ香
ランチ酒　おかわり日和
見守り屋の祥子は、夜勤明けの酒と料理に舌つづみ。心も空腹も満たす口福小説第二弾。

大木亜希子
人生に詰んだ元アイドルは、赤の他人のおっさんと住む選択をした
元アイドルとバツイチ中年おやじが同居!?　恋愛や将来の不安を赤裸々に綴ったアラサー物語。

内藤　了
ハニー・ハンター　憑依《ひょうい》作家　雨宮縁《あまみやえにし》
縁は連続殺人犯を操る存在を嗅ぎ取る。数々の洗脳実験で異常殺人者を放つ彼らの真意とは？

南　英男
闇断罪　制裁請負人
セレブを狙う連続爆殺事件。首謀者は誰だ？凶悪犯罪を未然に防ぐ〝制裁請負人〟が暴く！

辻堂　魁
春風譜《しゅんぷうふ》　風の市兵衛　弐《に》
市兵衛、愛情ゆえに断ち切れた父子の絆を紡げるか！　二組の父子が巻き込まれた悪夢とは!?

五十嵐佳子
女房は式神《しきがみ》遣い！　その2
あらやま神社妖異録
衝撃の近所トラブルに巫女の咲耶と神主の宗高が向かうと猿が!?　心温まるあやかし譚第二弾。

門田泰明
夢剣《むけん》　霞《かすみ》ざくら（上）
新刻改訂版　浮世絵宗次日月抄
美雪との運命の出会いと藩内の権力闘争――。謎の刺客集団に、宗次の秘奥義が一閃する！

門田泰明
夢剣《むけん》　霞《かすみ》ざくら（下）
新刻改訂版　浮世絵宗次日月抄
幕府最強の暗殺機関「葵」とは!?　亡き父の教えを破り、宗次は凄腕剣客集団との決戦へ。